문학이란 무엇인가

-삶을 바꾸는 문학의 힘, 명작을 통해 답을 얻다-

구와바라 다케오 지음 | 김수희 옮김

AK

일러두기

1. 이 책은 국립국어원 외래어 표기법에 따라 외국 지명 및 외국 인명을 표기했다.

2. 서양 지명 및 서양 인명은 영어 표기를 기준으로 했다.

3. 어려운 용어는 독자의 이해를 돕기 위해 주석을 달고 역주로 구분 표시했다.

4. 책 제목은 겹낫표(『』)로 표시하였으며, 이외의 인용, 강조, 생각 등은 따옴표를 사용했다.

5. 본문 중 진한 글씨와 방점은 지은이가 강조한 것이다.

6. 원서에는 interest라는 단어를 영어 그대로 사용했으나, 이 책에서는 적절한 번역어를 사용하는 대신 영어를 병기했다.

서문

1948년도를 기준으로 봤을 때 일본에서 출판된 모든 간행물(초판) 중 문학서가 차지하는 비율은 상당하다. 부수로 따지면 19.1퍼센트, 지면 분량으로 치면 24.2퍼센트에 달할 정도로 큰 비중을 차지하고 있다. 아울러 문학서가 얼마나 반복적으로 읽히고 있는지는 독자 여러분이 각자 이용하는 도서관에서 대출 상황을 물어보면 당장 알 수 있다. 오늘날 일본 사회에서 문학이라는 존재가 얼마나 중요한 위치에 있는지는 굳이 구구절절 논할 필요가 없을 정도다. 사회적으로 문학에 대해 좀 더 광범위하게 주목해야 할 필요가 있는 연유다.

나는 학생들이나 노동조합원, 다음 세대의 교육을 담당하시는 교원분들과 마찬가지로 한 사람의 사회인이라는 입장에서 문학에 관한 다양한 문제를 고민해보고자 이 책의 집필에 임했다. 최대한 이해하기 쉽게 쓰고자 했으나 애당초 능력에 한계가 있었고, 문제가 지닌 성질상 피치 못하게 어려워진 부분도 있었을 것이다.

하지만 특정 대목에 지나치게 얽매이지 말고 다른 여러 부분과 비교하며 읽어나가면 조금은 이해가 될 것이다. 찾아보기를 달아두었다.

학자를 독자로 상정하고 쓴 책은 아니었다. 문학 전문가들의 비판을 면하기 위한 변명이 아니다. 이 책에 대한 비판을 통해 혹여 일본 사회가 좀 더 올바른 문학 이론을 수립해갈 수 있다면 나로서는 더할 나위 없이 기쁠 것이다.

나는 존 듀이John Dewey와 아이버 리처즈Ivor Armstrong Richards, 알랭Alain(에밀 샤르티에Émile-Auguste Chartier의 필명)에게 많은 것들을 배워왔다. 하지만 이 책의 저술 작업에 임해서는 그런 책들을 최대한 멀리하고자 했다. 내가 이해할 수 있는 것만 쓰고자 했기 때문이다. 따라서, 이 책에 혹여 부족한 부분이 있다면 그것은 어디까지나 나의 부족함일 뿐, 결코 이런 학자들의 허물이 아닐 것이다.

1950년 1월
구와바라 다케오

차례

1장
문학은 인생에 왜 필요할까

문제의 중요성

문학은 과연 인생에 필요한 존재일까. 이 질문은 지금의 내게 어쩐지 무의미하게 느껴진다. 이틀 전부터 톨스토이의 『안나 카레니나』를 읽고 있기 때문이다. 나는 이 걸작을 아마도 네 번째 읽고 있는 것 같다. 프랑스인 가정교사를 유혹한 오블론스키가 분노하는 아내에게 용서를 구했던 말은 "오로지 용서를 빌 뿐……여태껏 살아온 9년간(의 충실함)이 몇 분간(의 부정)을 보상할 수는 없을까?"였다. 소년 시절에는 이 문장에 나오는 "몇 분간"이라는 표현에 담긴 한심할 정도로 노골적인 의미나, 그것을 들었을 때 치솟았을 아내 돌리의 분노에 대해 감히 그 의미조차 파악할 수 없었다. 좀 더 연륜이 쌓여 평범하나마 다소의 인생 경험을 거친 후에는 자연스럽게 수긍이 가는 대목이 적지 않았다. 예컨대 "그들은 친구 사이였으며, 심지어 함께 식사를 한 후 서로의 친분을 한층 더 깊게 해줄 술까지 주고받았다. 그러나 각자 자기에 관해서만 몰두할 뿐, 상대방의 이야기에 대해서는 조금도 생각이 미치지 않았음을 절감했다" 같은 서술 부분을 접하면, "식사를 마친 후 친근감 대신 이런 분열감을 느낀 일"이 내게도 종종 있었다는 사실에 절로 고개가 끄덕여지곤 했다. 소년 시절부터 이 나이가 될 때까지, 『안나 카레니나』라는 작품은 다시 읽을 때마다 항상 새로운 기쁨을 주곤 한다. 레빈은 키티와 결혼하고 안나는 철도역에서 자살한다는 결말을 미리 알고 있지만, 하나하나의 묘사를 섬세히 따라가 보는 것이 즐겁기 그지없다. 때문에, 일단 읽기 시작한 『안나 카레니나』를 독파하기 전까지는 아무것도 손에 잡히지 않는 상태에 빠진다. 지금 쓰는 이 원고조차 돌아볼 여유가 없었다. 진정 문학은 인생에 필요할까. 이런 물음 따위는 문제가 되지 않는다. 혹시라도 이토록 흥미로운 작품이 인생에 필요치 않다면, 그런 인생이란 도대체 어떤 인생을 말할까! 이 걸작을 읽어본 적 있는 사람이라면 필시 이 발언에 동의하고 싶어질 것이다. 게다가 문학작품 중 걸작은 비단 『안나 카레니나』만이 아니다.

하지만 개인적 직관만으로, 혹은 나의 직관에 찬성하는 소수의 직관만으로 이 문제에 성급히 결론 내릴 수는 없다. 개개인의 직관은 무력하기 때문이다. 태평양전쟁 당시를 돌이켜보아도 알 수 있는 일이다. 문학은 인생에 그다지 쓸모가 없는 사치품으로 간주되지 않았던가? 심지어 전쟁 발발 직전의 상황에서 외국 서적 수입이 한시적으로 제한당할 당시, 과학 서적이나 철학 서적은 비교적 관대하게 취급되었으나 문학 서적은 수입이 엄격히 금지되었다. 하는 수 없이 우리는 유럽 문학 서적을 주문할 경우, 마루젠丸善(일본의 저명한 대형서점이자 출판사-역주) 지배인의 호의로 무지한 당국의 눈길을 피해 간신히 몇몇 책을 입수하는 게 고작이었다. 고맙게도 당시 마루젠 지배인은 문학 서적을 '언어학'(태평양 전쟁을 염두에 두고 있던 군인들은 각 민족의 언어에 대해 알아둘 필요성만은 인정하고 있었다), 혹은 '사전'으로 분류해주었다. 이런 부당한 취급을 당하는 데도 문학의 필요성을 항상 확신하고 있던 우리는 아무런 저항조차 할 수 없었다. 이 사실은 부끄러워해야 마땅하다. 그렇지만 민중은 물론, 문화의 다른 방면에 속해있던 지식인들조차 문학이 이런 핍박에 송두리째 노출되었을 당시, 저항은 고사하고 동정심조차 보여주지 않았다. 우리는 이 사실을 쉽사리 잊을 수 없다. 수년 전까지 일본 정부나 일본인 대다수는 문학, 적어도 외국 문학의 필요성을 인정하지 않았다. 또한 자국 문학 중에서도 유약하기 그지없는 『겐지모노가타리源氏物語』나 연애지상주의적인 이즈미

시키부和泉式部, 호색적인 사이카쿠西鶴의 작품들의 경우, 일본 문학 내부에서조차 부정적인 시각이 없지 않았다. 결국 일본의 경우 패전에 이르기 전까지 문학의 필요성은 거의 인정받지 못한 상태였다.

해외에서도 제2차 세계대전이 발발하기 전, 독재자에 의한 문학 탄압이 존재했다. 그리스의 독재자 이오아닉스 메탁사스Ioannis Metaxas(그리스를 독재 통치한 군인이자 정치가-역주)에 의한 문학 탄압이 이에 해당한다. 플라톤Platon의『향연』편은 외설적이라는 이유로 금서 취급을 당했다. 스페인 프랑코Francisco Paulino Hermenegildo Teódulo Franco 정권은 뒤마의『춘희』나 플로베르의『보바리 부인』이 지나치게 프랑스적이며 유약하다는 이유로 금지했다. 나치스 독일에 대해서는 말할 것도 없다. 그렇다고 문학에 대한 멸시나 부정이 비단 파시즘에서만 발견되는 것은 아니었다. 일찍이 플라톤은 시인들을 추방하라고 언급했으며, 장 칼뱅Jean Calvin은 예술을 부정한 바 있다. 17세기 프랑스의 가톨릭 엄격주의자들은 라신, 몰리에르 등의 연극마저 유해하다는 평가를 했다. 파스칼Blaise Pascal도 예술을 무용지물로 치부한 바 있다. 2000년에 걸쳐 사상적으로 중국을 이끌던 유교도

시나 미문(散文)까지는 인정했지만 소설 등 민중문학에는 핍박을 가했다. 이 사실은 나관중羅貫中 일가가 『삼국지연의』를 쓴 죄로 그 벌이 손자 대까지 미쳐 결국 언어 장애인이 태어났다는 설화를 통해서도 미루어 짐작할 수 있다. 일본의 도쿠가와 막부 역시 그런 유교를 문교 정책의 중심에 두었다. 메이지 이후 역대 정부들 모두 자유롭게 사고하는 문학가를 오히려 불필요한 존재로 여겼다.

물론 패전 이후 일본은 문화국가가 되었다. 따라서 문학은 문화를 이루는 중요한 부분으로 당연히 존중받을 것이다. 때문에, 이제 와 새삼 인생에서 문학이 얼마나 필요한지를 고심할 필요는 없다고 생각할 사람도 있을 것이다. 하지만 외적 제도의 변화로 문제가 해소되었다고 혹여 생각한다면, 이는 역으로 문학이 오락이라는 입장에서 여전히 벗어나지 못하고 있음을 드러낸다고도 할 수 있다. 문학이라는 존재를 당국이 슬쩍 눈을 감아주어야 가까스로 살아남을 수 있는 오락 따위로 치부하고 있다는 말이 되기 때문이다. 만약 또다시 외적 상황이 바뀌면, 다시금 손바닥을 뒤집듯 문학은 사치품에 불과하다고 말할 수도 있다는 소리다. 문학에 종사하는 사람들, 극작가나 비평가 역시 마찬가지다. 자신들의 일에 관한 충분한 자각을 가지지 않는다면, 혹시라도 또다시 파시즘의 시대가 왔을 때 전쟁 당시의 추태를 보이지 말란 법이 없다. 결코 그 노릇을 반복하지 않을 거라고 장담할 수는 없다. 그러나 막상 전쟁이 끝나자 문학의 필요성이 너무나 자명해진 바람에, 어째서 인생에 문학이 필요한지 미처 근본적인 논의를 하지 못하게 되었다. 논의의 시기를 놓친 바람에 진지한 해결을 위한 시도는 거의 이루어지지 않았다고 판단된다. 하지만 이에 대한 해답, 적어도 해답을 찾기 위한 노력이 수반되지 않는다면 문학의 올바른 존재 방식, 혹은 문학에 대한 올바른 수용 방식은 논할 수 없을 것이다.

추상적인 문학 전반이 아니라 구체적인 작가나 작품을 생각해보면 아무런 문제가 없다. 셰익스피어의 비극, 괴테의 시, 몰리에르의 희극, 발자크나 도스토옙스키의 소설, 이런 것들이 필요치 않다고 단언할 수 있을까. 누군가 그렇게 물어볼지도 모른다. 혹시라도 그런 질문을 받는다면 나는 더할 나위 없이 필요하다고 답할 것이다. 대작가의 이런 걸작이 인생에 꼭 필요한 존재라는 사실을 전혀 의심하지 않는다. 17세기 프랑스인

중에는 상당한 인물임에도 불구하고 셰익스피어를 '천박하다'라고 경멸하는 경우가 있었지만, 현대인 중 이상과 같은 작품의 필요성을 부정할 사람은 소수에 그칠 것이다. 하지만 그 대상이 말라르메, 보들레르, 모파상, 고리키로 바뀌면 난해하다거나, 데카당스 하다거나, 외설적이라든가, 공산주의라는 이유로 필요성에 확신을 갖지 못하는 사람이 나올 것이다. 문학 애호가는 차치하고, 일반 사회인 중에는 결코 적지 않으리라고 추정된다. 나아가 일본의 현대 작가 에이A·비B·시c 등과 같은 사람들의 작품이 과연 인생에 꼭 필요한지 묻는다면, 쉽사리 수긍하기 어렵다. 오히려 최근 잡지에 게재된 소설을 읽고 분개하는 경우도 드물지 않다. 그럼에도 셰익스피어, 괴테는 물론 이런 호색적 잡지 문학까지, 이 모든 것들이 문학에 포함된다. 혹은 문학이라고 여겨지고 있다. 따라서 문학의 필요성은 쉽사리 단언할 수 없다.

미학이나 문학론에서는 미美, 혹은 문학의 본질에 대해 추상적인 일반론으로 논하거나, 현실 속에 존재하는 작품을 통해 고찰할 때도 반론의 여지가 없는 최고 걸작에 대해 찬미한다. 때문에, 문학의 필요성은 의심할 여지가 없는 이른바 기정사실로 치부되고 있다. 그렇다면 초일류라고 할 수 있는 최고 걸작 이외의 문학작품은 모두 무용지물, 혹은 불가피한 악이라고 생각해야 할까? 그것이 과연 뛰어난 작품인지는 결국 역사가 판명해줄 것이다. 요컨대 개개의 인간이나 한 시대의 민중 전체가 놓치는 경우가 있을 수 있다(예를 들어 앞서 언급했던 17세기 프랑스인의 셰익스피어에 대한 태도처럼). 하지만 휴머니티(전체로서의 인간)는 궁극적으로는 절대 틀리지 않으리라는 낙관적이고 정확할지도 모를 견해에 입각한다고 가정해보자. 만약 그렇다면 역사적으로 아직 그 평가가 안착하기 어려운 현대, 비단 어제오늘만이 아니라 상당한 진폭을 가진 현대의 수많은 작품의 필요성은 어떻게 생각해야 할까? 우리는 유명한 과거의 고전 작품만 읽고 안주할 수는 없다. 그것만으로 만족할 수 있는 사람은 이른바 '세상을 등진 사람'이지 현대인은 아니리라. 문제는 가장 중요한 이런 점들에 대해 미학 또는 문학론의 많은 명저가 명쾌한 답변을 제시해주지 않고 있다는 사실이다. 애당초 명쾌한 답변을 얻으려는 생각 자체가 우리의 태만이며 각자가 나름대로 생각해보아야 할 문제일지도 모른다. 따라서 나는 내 나름대로 이 문제에 대한 답변을 제시해보고자 한다.

흥미로움이라는 것

사람들은 어째서 문학작품을 읽을까? 정신 수양, 교양, 미의식 향상, 취미 향상 등을 이유로 꼽을 사람도 있을 것이며, 물론 이런 답변은 거짓이 아닐 것이다. 실제로 문학이 그런 역할을 해내기도 한다. 하지만 사람들 대다수는 우선 문학작품이 흥미로워서, 굳이 누가 읽으라고 강요하지 않아도 자기가 좋아서 읽는다. 사람에 따라 어떤 내용을 흥미롭다고 여길지는 서로 다를지 모르겠지만, 어쨌든 사람들 대다수는 흥미로움 때문에 문학작품을 읽는다. 이 점은 부정할 수 없는 사실이다. 실제로 어떤 작품에 대해 사람들이 우선적으로 발신하는 평가는 언제나 이 소설은 흥미롭다, 혹은 흥미롭지 않다라는 형태를 취한다. 이는 우리의 일상적 경험을 통해 이미 인지되고 있으며 프랑스에서도 관찰되는 사실이다. 프랑스인들도 회화나 조각 등의 미술 작품이나 음악에 대해서는 아름답다거나 근사하다는 식으로 다양한 평가를 하지만, 문학의 경우에는 대부분 'intéressant-흥미롭다'라는 표현을 사용하곤 한다. 묘사의 탁월성이나 세계관의 참신성, 사상적 깊이에 대한 평가는 그다음 문제다. 문학에서는 무엇보다 흥미로운지 여부가 우선 주목된다. 이런 소박하고 기본적인 사실을 무시해서는 안 될 것이다. 이런 태도는 과연 잘못된 것일까? 인생을 살아가는 한 사람의 인간으로서 사회를 위해 일하는 동시에 자신의 즐거움을 추구할 권리가 있다. 즐거움을 문학 안에서 발견하려는 것, 요컨대 문학에서 즐거움을 찾으려는 것은 과연 잘못된 행위일까? 그런 요구 자체는 전혀 불건전하지 않으며 오히려 정당하다고 인정되어야 마땅하다(문학이야말로 대도시 시민 이외의 사람들에게 유일하고도 친정한 예술품이라는 실정을 인지할 필요가 있다. 지방의 경우 전람회, 연극, 무용, 음악회 등이 거의 없다시피 하고 설령 있더라도 규모가 축소된 것들이다. 레코드, 라디오, 미술품 복제판은 있다. 요컨대 원본이 아니라 간접적인 예술품이다. 지방에서든 도회지에서든 완전히 동일한 원본을 접할 수 있는 것은 문학 작품뿐이다. 지금 내가 교토京都에서 읽고 있는 『안나 카레니나』는 도호쿠東北 지방의 농촌 사람들이 손에 들고 있는 것과 동일한 문고판이다. 바로 이 점이 문학이 가진 커다란 강점이기에 문학에는 중대한 사회적 책무가 존재한다). 요컨대 사람들은 문학에서 흥미를 추구하고 있으며 문학이 그에 응답하는 한, 사람들에게 사랑받을 자격이 있고 존재 이유를 인정받을 수 있다. 아무리 위대하고 심오한 문학도 이 원칙에서 벗어나지 않는다.

한편 반대로 생각해보자. 문학은 그저 재미있기만 하면 될까? 만약 그렇다면 우리를 위로해주는 존재로 어느 정도 그 필요성이 인정될 것이다. 그럴 경우, 비상시에는 사치품으로 치부되거나 권력의 향배에 따라 핍박당하거나 이용당하더라도 어쩔 수 없다는 사실을 받아들여야 한다. 태평양전쟁 당시 바둑이나 장기 시합이 제대로 이루어지지 않았다는 사실, 연예인이 군국주의적 꼭두각시놀음에 이용되었다는 사실에 대해 아무도 의아해하지 않을 것이다. 하지만 문학이라면 이야기가 달라진다. 설령 전쟁 중이었다고 해도 문학에 대한 탄압은 비난을 받을 것이며, 문학가가 지조도 개념도 없이 세태에 편승했다는 사실은 준엄한 비판을 받아 마땅하다. 어째서일까? 문학 역시 흥미롭다는 점에서 바둑, 장기, 꼭두각시놀음과 유사한 측면이 있긴 하지만, 문학이 가진 흥미로움의 본질은 인생 자체와 긴밀히 이어지고 있기 때문이다. 어떤 문학이 흥미롭다고 느껴질 경우, 그 사실 깊숙이에는 흥미로움을 잉태시킬 수 있는 좀 더 거대하고 근원적인 의미가 있으며, 바로 그 의미가 인생과 불가분의 관계로 이어져 있다. 문학의 흥미로움은 그런 거대하고 근원적인 의미와 이어져 있어서 거기에서 자연스럽게 배어 나오기 마련이다. 결코 외부에서 덧붙일 수 있는 성질의 것이 아니다. 예를 들어 생각해보자. 애당초 문학에는 인생으로 치자면 미인에 해당된다고 표현할 수 있는 측면이 있다. 그렇다면 문학의 흥미로움이란 이른바 부인의 얼굴의 아름다움 같은 것이라고 생각해볼 수도 있겠다. 미인이라고 말한 이상 아름답지 않다면 논외겠지만, 만약 그렇다면 태생적인 측면이 있을 것이다. 날 때부터 가지고 태어난 아름다움에도 당연히 약간의 화장이 필요하겠지만, 추한 얼굴에 두꺼운 화장을 하거나 건강치 못한 창백함 위에 부질없이 홍조를 띄워본들 아름답게 보이지는 않는다. 진정한 아름다움은 타고난 미모를 지닌 사람이 충분한 영양분을 섭취하고 적당한 운동을 할 뿐 아니라 지성을 갈고닦아 그것이 자연스럽게 얼굴이나 외모로 풍긴다고 표현될 수 있을 때 비로소 나타난다. 문학의 흥미로움 역시 그런 성질의 것이다. 지금 들고 있는 예시는, 실은 아리스토텔레스가 쾌락에 대해 말했던 "건강한 청년의 육체에 동반되는 청춘"이라는 명언에서 착안해 설명하는 중이다. 예시라는 것은 필연적으로 한쪽 측면만 나타내기 때문에, 예시를 통해 논의를 진행하는 데는 항상 위험성이 따른다. 예시를 버리자.

여기서 정작 내가 말하고 싶었던 내용은 문학작품을 만들어내기 위해서는 소질이 필요하다는 점(다른 영역에서 탁월할 수 있는 사람이라도 문학적 재능이 전혀 없을 수도 있기 때문에 문학은 노력만으로는 불가능하다)이다. 또 문학의 흥미로움은 마치 미인의 경우가 그런 것처럼 논증이 필요치 않으며 직접적으로, 심지어 사람들 다수에게도 포착될 수 있다는 점, 문학에서 흥미를 원하는 독자 측의 심리는 건강하고 자연스러운 움직임이라는 점도 말하고 싶었다. 아울러 좋은 문학작품은 항상 흥미롭지만, 그 흥미로움은 작가가 외부에서 가져다 인위적으로 덧붙인 것이 아니라 작품 깊숙이에 있던 흥미로움이 건강하고 자연스럽게 밖으로 표출된 것이어야 한다는 사실도 말하고 싶었다. 일부러 작정하고 흥미로움을 노린 작품은 결국엔 어떤 제약을 받아 한쪽 측면만 보여주는 '인위적인 것'이 되고 만다. 부자연스럽게 아첨하는 이런 태도는 결국 사람들의 마음에 반발심을 일으켜 진정한 흥미로움을 느끼지 못하게 할 것이다[1]. 어째서일까? 문학가는 본질적으로 정신적 속박에 구애받지 않는 자유인이어야 한다. 문학가가 독자들을 염두에 둔 나머지 이에 영합하려 한다면 이는 스스로 진정한 문학가로서의 자격을 내던지는 행위나 마찬가지다. 당연히 그 작품은 진정한 예술작품이 되기 어렵다. 요컨대 독자들은 흥미로움을 추구하지만, 그렇다고 작가가 독자를 흥미롭게 만들겠다고 의식해서 글을 쓰면 안 된다. 자칫 모순된 이야기로 비칠 수도 있겠지만 진정한 문학가는 그런 모순조차 짊어질 운명을 지닌 인간들이다. 문학가가 비극적이라고 일컬어지는 이유 중 하나도 바로 이 점에 있다. 하지만 문학가의 영광 역시 여기에 존재한다. 진정한 문학가가 그토록 존경받는 이유는 성실한

1) 그렇다면 독자에게 영합하는 인위적인 문학을 어째서 재미있다고 여길까? 인생 체험이 부족한 소년이라면 재미있다고 생각할 것이다. 왜냐하면 그들은 미지의 인생에 동경하는 마음을 가지고 있어서 소년 취향의 문학, 즉 대부분은 작가가 부자연스럽게 눈높이를 낮추며 그야말로 소년에게 영합한 문학에 만족할 수 없다. 실제 존재하는 어른의 세계를 동경하기 때문이다. 그들은 어른들의 실생활에 대해 모르기 때문에 성인 취향 문학이라면 일단 무엇이든지 흥미로워하는 경향이 강하다(일본 현대문학의 독자 대부분이 사회적, 인생 경험적으로 미숙한 청소년들이었다는 사실이 일본 문학의 건전한 발달을 저해했다). 하지만 실생활의 경험을 갖춘 양식 있는 성인이라면 독자의 환심을 사려는 영합적 작품에 대해 반발하거나 흥미롭다고 여기지 않을 것이다. 소년들이 소년 취향의 문학에 느끼는 것과 마찬가지일 것이기 때문이다. 그러나 안타깝게도 실정은 꼭 그렇지 않아서 일본의 경우 저속한 문학이 좀 더 지배적이다. 이것은 매우 중요하면서도 특수한 문제이기 때문에 다른 장에서 다시 상세히 논하기로 하겠다(3장 참조).

창작 과정에서 용케 이런 모순을 극복할 수 있었기 때문일 것이다.

interest

독자에게 영합하는 외적인 것이 아니라 내적으로 자연스럽게 흥미로움이 배어 나오게 할 수 있는 것이 무엇일지, 그런 내적 흥미로움이 과연 인생에 필요한지에 대해 좀 더 깊이 들어가 볼 필요가 있다. 오해받을 우려가 있음에도 '흥미롭다'라는 속된 단어를 사용해왔는데, 실은 '재미있다'라는 의미가 결코 아니었다. 프랑스어로 말하자면 'amusant'가 아니라 'intéressant'를 의미하고 있었기 때문이다(영어로는 'amusing'과 'interesting'에 해당한다. 이하 영어를 사용하기로 한다). 'amusing'은 그저 단순히 재미있다는 말이다. 요컨대 이쪽에서 가만히 있어도 상대방이 즐겁게 해준다는 수동적인 느낌을 지울 수 없다. 하지만 뛰어난 문학작품에서 흥미를 느끼는 순간, 우리는 더욱 능동적으로 작품과 함께할 뿐만 아니라 작품 속에서 즐거움마저 느낀다. 필연적으로 긴장감도 동반된다. 이 책에서는 그런 의미를 담아 'interesting'이라는 단어를

'흥미롭다'로 표현해왔다. 'interesting'이라는 단어는 'interest'가 어원으로 'interest'를 부여하고 품게 만든다는 의미다. 'interest'란 '흥미'면서 동시에 '관심'이다. 심지어 '이해利害 감각'인 경우도 있다. 결코 행동 그 자체는 아니지만, 무언가에 대해 영향을 주고자 하는 마음의 움직임이다. 따라서 필연적으로 행동을 내포하고 있으며, 'interest'가 없는 곳에서 행동은 존재할 수 없다.

뛰어난 문학의 특색이 흥미나 관심interest을 유발한다는 점에 있다는 파악은 그간 일본에 지배적이었던 독일식 관념론적 미학이나, 프랑스식 '예술을 위한 예술(예술지상주의)'이라는 사고방식에 익숙한 사람들을 경악시킬지도 모른다. 그들 관점에서 모름지기 예술이라는 것은 흥미나 관심interest을 송두리째 제거한 미美이자 현실로부터의 이탈 혹은 도피이며 조용한 관조일 것이다. 그런 사고방식을 지녀온 사람들에게 흥미나 관심interest이라는 단어를 문학의 세계로 끌고 들어오는 것은 지나치다고 여겨질지도 모른다. 흥미나 관심interest은 현실에 실제로 존재하는 인생에 관한 능동적인 태도이기 때문이다. 하지만 인생을 표현한 문학작품에 흥미를 느낀다는 말은 결국 인생에 대한 관심이나 이해

interest를 가지고 있다는 말이지 않을까? 만약 문학에 매료된다는 말이 인생에 흥미나 관심interest을 잃고 인생에서 도피함을 의미한다면 문학이 인생에 필요한 존재라고 어찌 말할 수 있을까. 작가가 설령 인생에 관해 염세적인 태도로 글을 썼다고 해도 해당 작품이 우리에게 흥미로움을 유발하는 이유는 우리가 인생에 관심interest을 가지고 있기 때문일 것이다.

아울러 문학에서 미美를 부정한다는 의미는 아니지만 생각해보면 아름다움이란 지극히 모호한 말이다. 심지어 애당초 조형미술 용어였던 이 단어를 문학에 도입했을 때 자칫 문학을 단순히 미문에 불과한 시문詩文, 인생과 무관한 장식적 문장이라고 생각하게 만들어버릴 수 있다. 그렇지만 문학, 특히 근대의 산문 예술은 운율을 지니지 않으며 철학이나 기타 학문과 마찬가지로 언어로 바탕으로 하고 있어서 이런 것들과 밀접하게 이어져 있다. 미술이나 음악과는 별개의 예술 부문에 속하기 때문에 미美라는 단어를 끌고 들어오면 일방적 해석에 빠질 우려가 있다. 이런 까닭에 오히려 피하는 편이나으리라고 여겨진다(이 점에 대해서는 나중에 좀 더 자세히 언급할 예정이다).

있는 그대로 심플하게 생각해보자. 뛰어난 문학 중에서 인생에 대해 강한 흥미나 관심interest을 느끼게 하지 않았던 작품이 과연 있었던가? 작품 속에 묘사된 인생을 통해 독자를 꿈틀거리게 만들지 못했거나, 독자들이 마치 자기 이야기처럼 몰입할 수 없었던 작품이 있었던가? 만약 그런 느낌을 이끌어내지 못했다면 그 작품은 결국 실패한 작품이다. 톨스토이의 묘사가 탁월하다고 평가받는 이유는 우리가 그 작중인물, 예를 들어 브론스키에게 공감을 느끼게 만들어 적어도 『안나 카레니나』를 읽고 있는 동안만큼은 브론스키에게 무관심할 수 없게 만들기 때문이다. 오히려 그의 행동 하나하나를 마치 자신의 행동처럼 느끼게 하거나 거기에서 강한 흥미나 관심interest을 느끼게 해준다. 설령 책을 덮은 후에 간통은 결국 죄라고 뉘우친다 해도, 일단 책을 읽고 있는 동안만큼은 그와 함께 안나를 유혹하는 공범자로 만들어버릴 수 있는 위력을 갖추고 있다.

독자에게 이토록 강렬한 흥미나 관심interest을 느끼게 할 수 있는 까닭은 작가가 해당 제재에 대해 본인 스스로 강한 흥미나 관심interest을 가지고 있기 때문이다. 만약 제재에 대해 강렬한 흥미나 관심interest을 느끼지 않고 이와 일정한 거리를 두고 멀리서 평온히 관조할 수 있었다면 어땠을까. 묘사는 가능할 수 있을지언정 다른 사람을 꿈틀거리게 만드는 문학은 될 수 없을 것이다(물론 나중에 언급하는 바와 같이 창작이라는 것은 흥미나 관심interest의 조정調整 작용이 가능하다. 작품은 그런 균형감을 갖춘 상태를 보여주는 것이기 때문에, 강한 흥미나 관심interest에서 출발했을지라도 조용히 그것을 관조하는 작품이 태어날 수 있다는 사실을 부정하지는 않는다). 아울러 만약 문학가가 진정으로 흥미나 관심interest을 가지고 있지 않다면 결국 특정 테마를 선택할 수 없었을 것이다. 뛰어난 문학작품은 작가가 특정 대상에 대해 자신만의 강렬한 흥미나 관심interest을 가졌을 때 비로소 세상에 나올 수 있다. 어째서일까? 작품은 하나의 경험이며 흥미나 관심interest이 없다면 경험은 형성될 수 없기 때문이다.

경험

여기서 다소 멀리 돌아가는 길을 택해, '경험'이라는 것에 대해 잠시 생각해보고 싶다. 인간은 제아무리 자기밖에 모르는 이기주의자라도 결코 자신의 겉껍질 안에서만 살아갈 수는 없다. 만약 그렇다면 하다못해 음식조차 먹을 수 없을 것이므로, 결국 생존이 불가능하다. 당연히 인간은 환경 속에서 환경과 상호 작용하며 살아가게 마련이다. 요컨대 인간은 끊임없이 자신의 욕구, 혹은 흥미나 관심interest에 의해 환경에 영향을 끼치며 어떤 의미로든 환경을 변화시키려 한다. 한편 환경이란 자신의 외부에 있는 객관적 세계이기 때문에 당연히 저항력을 지니고 있다. 인간에 의해 변화될 수밖에 없다면, 동시에 인간을 변하게 만들기도 한다는 의미다. 따라서 인간은 변화를 거친 존재로 다시금 환경에 영향을 끼치며, 동시에 환경에 의해 다시금 변화하게 된다. 이런 상호작용을 거듭함으로써 인간의 흥미나 관심interest이 충족되었다는 것은, 요컨대 인간과 환경이 어느 정도 균형 상태에 도달했음을 의미한다. 이 순간 인간은 하나의 경험을 얻었다고 할 수 있다. 결국 삶을 살아간다는 것은 경험을 거듭하는 것일 수밖에 없으며, 창작이라는 것도 그런 현실 세계에서의 경험과 본질적으로 전혀 다를 바 없다. 물론 일상생활에서의 경험은 어느 정도의 상호작용을 통해 욕구가 충족되는 경우가 많을 뿐만 아니라, 같은 경험을 반복하는 사이에 습관이 되어버리거나 그것만으로도 족한 경우가 대부분이다. 하지만 창작에서의 경험은 끝을 보아야 결판이 나며 그래야만 비로소 하나의 완결된 새로운 경험이 그 모습을 갖추게 된다. 작품이란 바로 이런 완료된 경험의 결과다[2].

문학가가 특정 주제에 대해 막연히 몽상한다고 문학 작품이 저절로 태어나지는 않는다. 작품이란 단순한 몽상이 아니라 문학가의 생각을 현실화시킨 어떤 것이기 때문이다. 그리고 주제에 대한 문학가의 흥미나 관심 interest이 진정으로 강렬하다면, 문학가는 도저히 그것을 순순히 조망하고 있을 수만은 없을 것이다. 요컨대 그는 자신이 온 힘을 다해 뛰어든 흥미나 관심interest을 통해 균형감을 상실한 스스로와 현실 사이에 생겨난 갭을 절감할 수밖에 없다. 그리고 현실에 영향을 끼쳐 이것을 변화시킴으로써 어떻게든 그런 갭을 메우고자 안간힘을 쓴다. 그렇게 하지 않으면 도저히 그의 흥미나 관심interest이 충족되지 못하고 그는 결국 구제받을 수

---

2) 경험이라는 단어가 현대 일본어에서는 매우 가볍게 사용되어 "대학 생활의 경험이 있다"라든가 "그곳에서 힘든 경험을 했어요"라는 식으로 표현된다. 이럴 경우, '과거의 사건' '겪었던 일' 정도의 의미를 가질 뿐이다. 누군가에게 받는 것이라는 수동적 느낌을 지울 수 없다. 하지만 여기서 거론되고 있는 경험은 'experience'의 번역어로 주체성과 능동성이라는 좀 더 강렬한 의미를 지닌다.

없기 때문이다. 그런데 문학가로서의 인간이 현실에 영
향을 끼치기 위해서는 작품을 창작해내는 것 외에 길
이 없다(물론 인간은 정치적, 경제적, 기타 현실적 행동에 나서는 것
이 가능하다. 문학가가 행동을 실행으로 옮기는 것도 당연히 있을 수 있
는 일이다. 하지만 문학가로서의 행동이란 다름 아닌 창작이라는 사실
이 중요하다). 작품을 쓴다는 것은 주관적 관심이나 흥미
interest를 객관적 세계 안에서 구현하는 행위다. 아무리
개인적인 몽상이라도 이것을 문학으로 표현하려면 만
인이 공유하는 '언어'라는 객관적 재료를 사용할 수밖에
없다. 그런 까닭에 작가가 내적 흥미나 관심interest을
바탕으로 대상에게 영향을 끼침으로써, 요컨대 흥미나
관심interest을 객관화해서 문장을 써내려 함으로써, 결
국 역으로 애초의 흥미나 관심interest은 변화될 수밖에
없다. 왜냐하면 객관적 재료인 언어는 저항력을 가지고
있으며 인간 마음대로 움직이지 않기 때문이다. 정형과
압운을 가진 시에서는 이 점이 매우 명확하다. 정도의
차이가 있겠지만 산문에서도 언어는 저항하기 마련이
다. 심지어 문장화된 시점에서 이미 객관적으로 흥미나
관심interest을 규제한다.

소박한 예로 설명을 덧붙여보자. 만약 여기 어떤 청

년이 한 소녀를 사랑한다는 주제를 가진 작가가 존재한다고 치자. 머릿속으로 막연히 꿈꾸고 있을 때, 소녀는 청년의 생각대로 표현될 수 있는 존재일지도 모른다. 만약 그 소녀를 문장으로 표현해본다면 어떻게 될까. 만인이 공유하는 언어가 몽상을 객관화한다는 점에서 이미 이에 변화가 발생한다. 심지어 해당 소녀가 객관적인 신체, 정신, 사회적 지위를 부여받았다면 어떻게 될까. 그녀는 자신에게 부여된 객관적 조건들에 부합되는 방식으로밖에는 청년의 사랑을 받아들일 수 없게 된다. 애초의 흥미나 관심interest을 규제하고 변화시키지 않을 수 없게 되는 것이다. 물론 이것은 예라기보다는 비유다. 창작의 실제는 당연히 좀 더 복잡하겠지만, 어쨌든 그런 의미에서 글을 쓰는 행위로 변화를 거칠 수밖에 없는 관심사interest를 품고 작가는 다시 대상에 영향을 끼친다. 이런 상호작용을 반복함으로써 현실적이고도 새로운 하나의 경험이 형성되어가고, 그것이 완료된 결과가 바로 하나의 문학작품이다. 따라서 듀이가 말했듯이 "예술가의 진정한 작업은 하나의 경험을 창출하는 것—발전과정에서는 항상 변해가지만, 지각안에는 일관된, 어떤 하나의 경험을 만들어가는 과정이다"라고 할 수 있다.

이런 과정을 거쳐 완성된 작품에는 애초 흥미나 관심interest을 품었던 대상이 고스란히 포착되었다기보다는, 오히려 그 대상과 약간 비슷하지만, 별개의 또 다른 어떤 것이 창출되었다고 표현할 수 있다. 요컨대 작가의 사적인 흥미나 관심interest이 객관적 세계라는 발전기Dynamo를 통과하면서 공적인 흥미나 관심interest으로 변화했다고 할 수 있다. 물론 어디까지나 흥미나 관심interest이기 때문에 개체적 측면을 상실하지는 않겠지만, 만인이 공유할 수 있는 객관적 세계의 무게를 견뎌냄으로써 조금씩 변화하게 된 것이다. 결국 개인적이면서도 만인에게 공통적인 관심사interest가 된다는 소리다. 이런 이유로 문학가의 작품은 많은 사람을 기쁘게 만든다. 만약 마지막까지 사적인 흥미나 관심interest에 머물러 있다면 이것은 과연 무엇을 의미할까. 작가가 사적 측면에 지나치게 집착한 나머지 객관적 세계 안에 있는 흥미나 관심interest의 연마를 두려워하거나 등한시했다는 말이 될 것이다. 결국 객관적 세계와의 상호작용이 제대로 이루어지지 못한 것이다. 요컨대 새로운 하나의 경험이 형성되지 못했다는 말이 된다. 만약 그렇다면 개인적인 탄식이나 혼잣말에 불과할 뿐 결코 문학작품이라고 평가할 수 없다. 개인적 탄식이나 혼잣말은 기껏해야 가족이나 친구에게 흥미나 관심interest을 줄 뿐, 공공의 마음에 흥미나 관심interest을 싹트게 할 수는 없기 때문이다.

독자가 작품에서 받아들이는 것

　문학작품을 읽고 강렬히 매료당함으로써, 요컨대 흥미나 관심interest을 품게 됨으로써 사람들은 무엇을 얻을 수 있을까? 일단 작가의 흥미나 관심interest은 작품을 통해 이미 공적인 그것으로 전환된 상태다. 독자가 작품에서 얻는 흥미나 관심interest은 작중인물을 매개로 한 것이긴 하지만 작중인물이 현실 세계에 실재하는 인간이 아닌 이상, 당연히 흥미나 관심interest도 실재하는 개개의 것으로 향할 수 없다. 따라서 이른바 인생 그 자체에 대한 관심사interest가 될 수밖에 없다. 또한 작가가 해당 관심사interest를 직접 행동으로 해결하지 않고 문학작품 속에 간접적으로 투영시킨 것처럼, 독자들도 해당 작품에서 받은 흥미나 관심interest을 현실적 행동으로 옮기는 경우가 드물다(미성년자나 정신이상자가 소설 속에 묘사된 행동을 당장 모방해서 행동으로 옮기는 경우가 있긴 하지만, 이런 일이 발생할 확률은 세상 사람들이 생각하는 것보다는 훨씬 낮다). 하지만 무릇 문학작품이라는 것은 인생에 대한 격렬한 의욕에 넘쳐 급기야 행동까지 내포하기에 이른 어떤 인간이, 말하자면 그 행동을 대신해 세상에 들이민 것이라 할 수 있다. 때문에, 우리도 이로 인한 심적인 영향을 받아 흥미나 관심interest을 가지게 됨으로써, 비록 현실적 행동으로 이어지지 않는다고는 해도 결국 행동 직전에 준하는 상태에 비로소 놓일 수 있게 된다.

『적과 흑』은 추남이었던 스탕달이 스스로가 미소년이 었을 상황을 상상해보며, 그런 가정 속에서 행동함으로써 세상에 나오게 된 작품이다. 독자가 이 작품을 읽고 강한 흥미나 관심interest을 느낀다는 말은 쥘리엥 소렐의 존재를 시인하고, 이른바 그와 공범이 된다는 것을 의미한다. 물론 행동이 동반될 수는 없다. 설령 백번 양보해 스스로가 미소년이었다고 해도 마틸드가 이 세상에 실제로 존재하지 않는 이상, 달밤에 그녀의 방에 피스톨을 들고 숨어 들어갈 수는 없는 노릇이다. 모든 조건이 갖추어진다면(그것이 갖추어진다는 것은 현실 세계에서는 절대로 불가능하겠지만) 쥘리엥처럼 행동해보고 싶다는 기분이나 행동을 내포한 **심적 태도**가 독자의 내면에 잉태되고, 그것은 마음에 흔적을 남기며 서서히 쌓여간다. 이런 축적 결과가 실제 행동으로 이어질 일이야 없겠지만, 우리의 향후 행동에 어느 정도 영향을 미치거나 혹은 행동을 규제하게 된다. 예를 들어 『레미제라블』을 읽어본 사람이라면 실제로 전과자를 만났을 때 틀림없이 좀 더 적은 혐오, 혹은 더 많은 동정심을 품게 될 것이다. 물론 전과자를 대하는 독자의 행동은 다양한 현실 조건에 따라 그 범위가 제한되겠지만, 제한되는 방식 자체가 조금이라도 달라진다는 이야기다. 빅토르 위고의 이 작품이 세상에 나온 후 세계적으로 '전과자 보호 사업'이 활발해졌다는 사실이 내 가설을 뒷받침해준다. 마찬가지로 젊은 시절에 고리키의 『어머니』를 감동적으로 읽어본 사람이라면 좀처럼 혁명가를 혐오할 수 없을 것이다.

우리의 **감정생활**은 현실 생활로 인해 기본적으로 제한되겠지만 그와 동시에 심적 태도와도 긴밀히 연관되어 있다. 행동에 이르기 직전, 행동을 내포한 심적 태도의 축적에 강한 영향을 받기 때문이다. 문학에 대한 흥미나 관심interest이 우리에게 남긴 것은, 조금 전 예로 들었던 전과자나 혁명가에 대한 태도처럼, 특정한 방향성을 가진 것에만 국한되지 않는다. 오히려 대부분은 내가 앞서 인생 그 자체에 대한 관심사interest라는 식으로 애매하게 표현할 수밖에 없었던 심적 태도가 마음속에 남겨지게 된다. 이런 심적 태도는 말로 명료하게 드러낼 수 없기 마련이다. 예를 들어『적과 흑』을 읽고 우리 마음속에 남는 것은 드 레날 부인이나 마틸드 같은 특정 유형의 여성에게 기우는 마음이라기보다는, 연애에서의 이른바 자주적이고 모험적인 태도 쪽이다. 전반적으로 연애소설을 읽고 새삼 깨닫게 되는 것은 '개개의 이성에 대한 애정'이 아니라, '이성 자체에 대한 애정'에 가깝다. 전반적인 이성에 대한 애정에 눈을 뜨게 되면서 비로소 이성 중 한 명인 특정인에게 새삼 애정을 느끼는 효과도 발생한다. 하지만 일단은 광범위한 영역을 거친 후에야 비로소 가능하다. 뛰어난 문학작품은 개별적인 측면들을 묘사하면서도 보편적인 측면을 갖추고 있다. 그래야만 다수에게 흥미나 관심interest을 유발시킬 수 있기 때문이다.

　우리가 문학에 흥미나 관심interest을 느낌으로써 얻는 것은 일단 이런 심적 태도의 축적이다. 그렇지만, 그와 동시에 당연히 **인간에 대한** 지식을 얻을 수 있다. 인간에 대한 지식은 현실 세계 속 인간과의 교섭, 폭넓게 말해 생활 체험을 통해 얻은 것을 기초로 한다. 그런데 우리의 현실적 체험에는 한계가 있다. 아울러 현실적 체험을 통해 인간에 대한 지식을 항상 배울 수 있으리라는 보장도 없다. 인생에는 유형적이고 습관적인 행동이 많으므로 자칫 새로운 경험은 그리 많지 않을 수 있다. 이를 보완하기 위해 역사, 사회학, 심리학 등이 있고 학문을 통해 습득한 이론적 지식이 매우 긴요한 경우가 많다. 만약 이것이 없으면 인간에 관한 지식은 소박한 반사적 감각의 영역에서 좀처럼 벗어날 수 없을 것이다. 이른바 문학청년들이 이런 것을 중시하지 않는 것은 스스로 문학을 경시하고 있기 때문이다. 어리석은 태도라고 할 수 있다. 이론적 지식의 기반이 될 만한 것, 즉 현실 속에서 살아가는 인간에 대한 지식을 공급하는 것이 바로 문학이다. 실감을 바탕으로 한 이런 지식, 즉 실질적인 측면이 결여되었을 때 이른바 이론적 지식이라는 것은 더할 나위 없이 공허해지며 실천을 동반하지 않는 허울뿐인 이론으로 전략한다. 이 점은 문학을 경멸하는 학자들이 쓴 글만 보아도 여실히 드러난다. 문학에 의한 실감적 지식은 흥미나 관심interest을 매개로 얻어진 것이므로 이른바 즐거운 지식이며 동시에 행동을 내포한 지식이다.

가장 충만한 인생

세상에 있는 수많은 문학 애호가들처럼 이런 실감의 편중을 이유로 인생에 대한 이론적 파악을 부정하거나 경멸하면서 인생의 불합리성을 옹호하려는 의도는 없다. 인생은 어디까지나 합리적으로 살아가야 마땅하다. 그러나 "합리적으로 살아간다는 것은" 리처즈가 말한 것처럼 "오로지 이성만 가지고 살아가는 것이 아니라 이성, 즉 전체적 상황에 대한 투철하고 충만한 감각이 긍정적으로 평가하는 방식으로 살아간다는 것을 의미한다." 그처럼 살아간다는 것은 인생을 가장 충만한 방식, 즉 이성과 오성, 감성과 신체를 포함해 모든 측면에서 행동적으로 살아간다는 것을 뜻한다. 당연히 감정생활은 중시되어야 하며, 나아가 인생에 강한 흥미나 관심interest을 가지고 감동할 수 있는 마음이 전제되어야 한다. 만약 그런 마음이 없다면 올바른 행동이 동반되지 않을 것이며 결국 올바른 인생 역시 있을 수 없게 된다.

사람들은 이성을 단련하고 지식도 증가시켜야 한다고 역설하곤 한다. 이는 아무리 강조해도 지나치지 않다. 하지만 이성과 지식만으로 저절로 행동이 동반되는 것은 아니다. 좋은 행동과 좋은 인생이 가능해지려면 인생에 흥미나 관심interest을 품고 감동할 수 있는 마음, 항상 새로운 경험을 만들어낼 수 있는 구상력이 필요하다. 하지만 사람들은 이 두 가지의 중요성을 간혹 잊어버리고, 그것을 올바르게 양성해야 한다는 점에 자칫 태만해지기에 십상이다. 이 두 가지가 없다면 내일의 바람직한 생활은 결코 끌어낼 수 없을 정도다. 이런 것들에 양분을 주고 그것을 양성하는 것이 다름 아닌 문학이다. 이보다 더 인생에 절실히 필요한 것이 과연 있을 수 있을까? 그 필요성은 오늘날처럼 괴롭고 불안한 시기에도 결코 변함이 없다. 온갖 측면에서 충만한 삶이란 사치스러움에 불과하며 오늘날의 민중 대부분에게 허락되지 않는다고 반문할 사람도 있을지 모르겠다. 그것은 사실이다. 그럼에도 우리의 이성은 인간을 편협하게 만드는 극기가 아니라, 인간성을 온갖 측면에서 충만하게 전개하는 성질을 가져야 한다. 만인에게 그것이 가능해지는 것을 궁극적 목적으로 삼지 않는다면 사회 개혁도 결국 무의미해질 것이다. 사회 개혁까지 포함해 모든 인간의 행동을 준비할 가장 소중한 요소는 다름 아닌 문학에 의해 배양된다는 사실을 여태까지 강조해왔다. 하지만 현대 일본의 경우, 문단 문학의 대부분이 문학을 '사치품'이라기보다는 '모조 사치품'으로 보게 하면서 문학의 필요성을 의심하게 한다. 유감스럽게도 그 사실을 인정하지 않을 수 없지만, 내가 강조하고 싶었던 것은 진정으로 뛰어난 문학의 필요성이었다.

요약

　문학이 인생에 필요하다는 사실은 결코 자명하지 않다. 문학의 필요성에 확신을 가질 수 없다면 문학에 대해 진지하게 배울 수 없다. 그런 점에서 사람들이 어째서 문학작품을 즐겨 읽는지를 우선 생각해보면, 문학이 흥미로운 대상이기 때문이라는 사실을 이해할 수 있다. 한편 문학의 흥미로움은 우리를 일시적으로 달래주는 것들과 달리 인생과 깊이 연관되어 있다. 작가가 독자들에게 영합해 독자를 일시적으로 즐겁게 해주는 수동적인 존재가 아니라(이 경우 저속한 문학이다), 작가의 성실한 저술을 통해 탄생한 작품 속 인생을 독자가 자신과 무관하지 않다고 생각하게 만드는 것, 요컨대 흥미나 관심interest을 품고 능동적으로 협력하게 만든다는 의미다. 독자에게 흥미나 관심interest을 느끼게 한다는 사실은 작가가 자신이 다루고 있는 대상에 대해 강렬한 흥미나 관심interest을 품고 있기에 그런 대상을 '허심' 상태로 냉정하게 바라보고만 있을 수는 없음을 의미한다. 대상과 스스로가 서로에게 영향력을 발휘하는 상호작용에 의해 하나의 경험이 형성되었기 때문이다. 작품이란 완료된 경험이라고 할 수 있다. 그렇다면 독자는 그 경험을 다시금 경험하여 흥미나 관심interest을 가짐으로써 무엇을 얻을 수 있을까? 그것은 당장 행동으로 폭발하지는 않더라도 결국 행동을 내포한 심적 태도이며, 우리의 행동을 규제할 만큼의 힘을 가지고 있다. 독자가 문학을 통해 인간에 대한 지식을 얻는 것은 당연한 일이겠지만, 그런 지식은 실감에 바탕을 둔 실질적인 지식이라고 할 수 있다. 지식에 대한 검증이 뒷받침 되지 않는 이론적 지식은 공허하고 쓸데없는 지식으로 전락할 우려가 있다. 인생은 합리적으로 살아야 마땅하 겠지만, 인생을 충만하고 더욱 바람직한 것으로 만들려 면 이성과 지식만으로는 부족하다. 인생에는 감동할 수 있는 마음이 필요하기 때문이다. 문학이야말로 그런 것 들을 양성하기 위한 가장 강력한 힘을 가지고 있다. 때 문에, 문학 이상으로 인생에 필요한 것은 존재하지 않 을 것이다.

2장
뛰어난 문학이란 어떤 것일까

뛰어난 문학

앞 장에서 나는 문학의 필요성에 관해 논하며 "뛰어난 문학"이라는 애매한 표현을 종종 사용했다. 해당 표현의 마지막 부분에서는 인생에 필요한 것은 바로 "뛰어난 문학"이라고 결론짓기도 했다. 따라서 이 단어를 명확히 하지 않은 채 애매한 상태로 두면 내 주장도 무의미해질 것이다. 뛰어난 문학이란 것이 과연 어떤 것인지, 깊이 생각해봐야 할 필요가 있는 이유다.

나는 앞 장의 설명 과정에서 『안나 카레니나』 『적과 흑』 『어머니』 『레미제라블』 등 작품 네 가지를 들었다. 이런 작품들이 뛰어난 문학작품이라는 사실은 두말할 필요 없이 당연한 사실이다. 하지만 실제 작품을 일일이 열거하지 않은 상태에서 설명하고자 "흥미로움", 특히 영합적인 흥미로움이 아니라 내면에서 배어 나온 흥미로움을 뛰어난 문학작품의 표식으로 삼았다. 뛰어난 작품을 통해 발견하는 흥미로움은 독자에게 자발적으로 흥미나 관심interest을 가지게 하는 것이라고 파악했다. 따라서 문학이 굳이 영합에 목을 매지 않고도 진정한 흥미나 관심interest을 독자에게 유발시킬 있는 이유를 명확히 한다면, 뛰어난 문학이 어떤 것인지가 분명해질 것이다.

여기서 나는 우선 톨스토이가 『예술이란 무엇인가芸術とはなにか』(고노 요이치河野与一 옮김, 이와나미문고岩波文庫) 안에서 예술품에 불가결한 자격으로 요구한 세 가지인 참신함·성실함·명쾌함을 차용하기로 하겠다. 언뜻 보기에 근대 예술에 대한 편견과 악의로 뭉쳐진 이 책은 기실은 예술에 관한 깊은 통찰과 인간을 향한 무한한 사랑으로 가득하다. 나도 과거에는 그런 편견에만 자칫 눈길이 가서 격렬히 반발했지만, 최근에는 20세기 이후 저술된 미학서 가운데 가장 뛰어난 것 중 하나라고 확신하고 있다(좋은 책이란 처음부터 마지막까지 모두 올바른 책이라는 의미가 아니라, 다소의 착오가 있더라도, 올바른 곳은 심하게 올바른 책을 가리킨다. 오히려 그런 책을 접할 때 우리가 단련된다. 한번 읽어보길 권하고 싶은 책이다). 다음에서 톨스토이가 제시한 세 가지 사항에 관해 내 생각에 따라 자유롭게 해석하면서 뛰어난 문학이란 어떤 것인지 설명하고자 한다.

참신함

문학은 항상 참신해야 한다. 다소라도 실제 사회를 경험한 사람이 문학에 매료되는 까닭은 바로 그 참신성, 문학 속에서 새로운 것을 발견할 수 있기 때문이다. 견고하게 닫힌 그들 마음의 빗장을 풀어 새로운 인생을 발견하게 해주거나, 새로운 시선으로 인생을 재발견하게 해주는 무언가가 있기 때문일 것이다. 삶을 살아간다는 것이 새로운 상황에 끊임없이 대처하며 새로운 경험을 형성해가는 것인 이상, 삶에 대해 의욕적인 인간이 참신함에 흥미나 관심interest을 느끼는 것은 자연스럽고 건강한 현상이라고 할 수 있다. 문학은 이런 욕구를 충족시킬 필요가 있다(소설은 영어로 novel이라고 하고 프랑스어로 장편소설은 roman이지만 중편소설은 nouvelle이라고 한다. '모두 새롭다'라는 뜻이라는 사실에 주목할 필요가 있다).

문학에서 참신하다는 의미에는 여러 가지가 있을 수 있겠으나, 우선 제재가 참신하다고 해석해도 무방하다. "하늘 아래 새로운 것은 없다"라는 표현은 정체된 중세 사회나 봉건사회에서라면 통용될지 몰라도 근대에는 필시 난센스일 것이다. 신기한 현상은 끊임없이 나타나건만 사람들은 한정된 지역에서 틀에 박힌 생활을 해야 한다. 그럼에도 그들은 다른 사람들이 사는 세계에 호기심을 품는다. 그런 욕구에 부응해 또 다른 세계, 실제로 지구상에 존재하지만 사람들 대부분에게는 미지의 세계, 그런 새로운 세계를 표현하는 것도 문학이 담당해야 할 직무 중 하나일 것이다. 설령 단순한 르포르타주 영역에 그친다 해도 그 존재 이유가 없지는 않다. 결코 경멸의 대상이 되어서는 안 된다. 르포르타주는 문학이 아니라는 의견도 있을 수 있으나, 자질을 갖춘 문학가라면 새롭고 기이한 제재를 다루었을 것이기 때문에 예술성이 빠진 단순한 보고서로 전락할 리 없다. 만약 단순한 르포르타주 문학밖에는 쓸 수 없는 문학가라면 참신한 제재를 다루었다 해도 결국 르포르타주 이상의 영역까지 나아갈 수 없었을 것이다. 요컨대 새로운 세계를 그려내 성공할 수 없었다면 비난받아 마땅할 대상은 부족한 작가의 재능이지 결코 제재가 참신하냐 아니냐의 문제는 아니다.

고색창연한 제재라도 참신한 방식으로 취급하면 된다고 말할 사람이 있을지 모르지만, 그것은 그저 이론에 불과하다. 실제로 제작하려면 보통 힘든 일이 아닐 것이다. 왜냐하면 인간은 진부한 것에 흥미나 관심

interest을 느끼는 경우가 드물고, 따라서 이에 대해 온 힘을 다해 파악하려는 열의가 좀처럼 생겨나지 않을 것이기 때문이다. 심지어 고색창연한 제재에는 반드시 선례가 되는 작품이 이미 존재하기 때문에, 자칫 본의 아니게 모방작을 쓸 위험성이 수반될 수 있다. 따라서 진부한 소재를 다루면서도 참신한 작품이 되려면, 작가 자체가 상당히 참신한 사람이어야 한다. 작가가 어지간히 참신한 인물이라면 그 어떤 제재를 다루든 새로운 것을 만들어낼 수 있겠지만, 사실 문학적으로 새로운 유파나 경향을 개척한 작가들의 경우, 반드시 새로운 제재를 추구하면서 창작에 임하고 있다. 발자크가 묘사를 시도한 금전, 스탕달이 묘사한 계급은 창작 당시로서는 매우 참신한 제재였다.

특히 일본의 작가 대다수는 소박하고 실재적이어야 한다는 논리(소박실재론)에 입각한 자연주의적 리얼리즘에 의거하고 있다. 상황이 이렇다면 작품의 참신성은 묘사된 제재의 참신성에 정비례할 것이다. 프랑스 자연주의는 언뜻 보기에 인생의 흔한 일상만 그대로 묘사하고 있는 것처럼 보이지만, 그런 느낌은 우리가 그들 작품을 읽는 데 이미 익숙해져 있어서일 뿐이다. 그들이

해당 작품들을 썼을 당시로서는 일상성에 대한 치밀한 묘사가 문학적으로 새로운 영역이었으며 독자들에게 신선한 인상을 주었다. 에밀 졸라 같은 사람은 항상 신기한 제재를 추구했다(『제르미날』 『인간 야수[수인獸人]』 등등). 게다가 프랑스의 경우 자연주의 시대가 그다지 오랫동안 지속되지 않았고 다음 세대의 작가들은 자연주의에 집착하지 않은 채 각자 새로운 길을 개척했다. 하지만 일본에서는 대략 시가 나오야志賀直哉 주변에서 끝나야 했을 자연주의적 작풍이 계속 지속되면서 새로운 제재를 찾아낼 모험을 두려워했기 때문에 당연히 진부한 사소설私小說이 이어지게 되었다. 딱히 새로운 사상을 포착하지 않는 한(그렇게 되면 더는 사소설이라고 할 수 없겠지만), 사소설은 필시 바로 경멸의 대상인 르포르타주에 속하게 될 존재이며, 심지어 그중에서도 편협한 하나의 형식에 불과하므로 건강한 사회인의 흥미나 관심interest을 끌어내지 못할 것임이 자명하다.

그렇지만 예술에서의 참신성을 이단적 요소로 간주하며 경멸하는 사람은 결코 소수에 그치지 않는다. 과거의 위대한 작품들은 지금도 여전히 신선하므로 참신함 따위는 필요치 않다고 말하는 사람도 있다. 실제로 스탕달이나 보들레르는 분명 오늘날에도 참신하다. 그렇지만 동시에 조심해야 할 부분은 참신함을 경멸하는 수구주의자가 다음과 같은 점을 망각하고 있다는 사실이다. 요컨대 스탕달이나 보들레르가 출현했을 때, 그들 작품은 특히 새로워서 사람들을 경악시켰으며, 나아가 당시 수구주의자들로 하여금 눈살을 찌푸리게 했다는 사실이다. 여기서 나는 영국의 위대한 철학자 화이트헤드Alfred North Whitehead의 다음과 같은 발언을 떠올린다. "우리가 해낼 수 있는 가장 그리스적이지 않은 행위는 바로 그리스인을 모방하는 것이다. 생각건대 그들은 결코 모방자가 아니었기 때문이다." 수구주의자가 흉내만 내면 안전할 거라고 믿었던 바로 그 그리스인들은 주변 여러 민족과 비교했을 때 이상하리만치 비역사적이었으며 신기한 것들을 동경했다고 한다. 이런 사실은 과거에 존재했던 모든 위대한 작품에서도 마찬가지다. 스탕달처럼 출현 당시에는 그다지 인정받지 못했던 사람도, 톨스토이처럼 애초부터 환영받았던 사람도, 모든 위대한 작품들은 당시로서는 항상 새로운 모험이었다. 이런 사실을 망각한 채 참신해야 한다는 필요성을 경멸하며 그저 위대한 고전 작품의 작풍만 배우려고 한다면 가히 비웃음거리가 될 만한 모순이라고 하지 않을 수 없다. 그런 정신에서 생겨난 것이라곤 오로지 매너리즘뿐이다. 매너리즘은 결코 사람들의 마음을 움직일 수 있는 박력을 지닐 수 없다.

　물론 오래된 것을 모조리 없애버리자는 소리가 아니다. 애당초 가능한 일도 아니다. 심지어 참신하다는 자각은 무엇이 오래된 것인지 알고 있다는 사실을 전제로 하고 있다. 작가는 과거의 위대한 작품을 스스로 땀 흘려 발굴해내고 자신의 것으로 만들어야 한다. 원래 어떤 작가가 어떤 점에 흥미나 관심interest을 느낀다는 것, 요컨대 에이A보다 비B를 제재로 선택한다는 것은 작가 내면에 축적된 과거의 다양한 경험에 따른다. 대상과 작가가 어떤 상호작용 방식을 취하는지도 이런 내면의 축적에 따라 규정된다. 이때 과거의 경험이라는 것은 창작 직전까지의 현실 생활 속에서 한 체험이라고 할 수 있으며, 아울러 작가가 과거의 위대한 예술작품이나 일반적 학술서와 상호작용함으로써 얻은 경험까지 포괄하고 있다. 이런 내면적 축적을 갖추지 않은 정신은 얄팍한 측면만 바라볼 수 있을 뿐이다. 하지만 내면적 축적이 지각이나 창작에서 작용할 수 있으려면 내면적 축적이 온전히 작가의 것이 되어 있어야 한다. 요컨대 그 작가에게 단순히 학문적인 것, 지적인 것에 그치지 않고 이른바 뼈와 살이 되고 감각기관 일부가 되어 있어야 한다. 진정한 작가라면 위대한 고전 작품을 가까이 하면서도 단순히 이에 맹종하면서 모방할 것이 아니라, 그와 상호작용함으로써 이것을 소화 섭취한 모습으로 새로운 세계에 임해야 할 필요가 있다. 그 과정에서 과거가 포함된 스스로와 새로운 세계 사이에는 반드시 모순이 발생한다. 과거로부터의 축적이 많으면 많을수록 모순은 클 수밖에 없다. 모순을 두려워하며 뒷걸음질 친다면 모방자로 전락하겠지만(고전의 모방자가 되거나, 혹은 자기의 작품을 반복하는 매너리즘에 빠지거나), 스스로 모순을 해결하려고 노력할 경우, 새로운 경험이 형성되면서 그 과정에서 다행스럽게 오래된 것은 새로워질 수 있다. 이런 모험심을 망각한 고전주의자는 모방자에 지나지 않는다.

하지만 사회가 정체되어 있을 때는 인간이 취할 수 있는 행동이 제약을 받게 된다. 이에 따라 흥미나 관심 interest의 발동이 어려워지며 모험심이 위축되어 자칫 과거의 작품을 모방하기 쉽다. 아울러 무언가를 흉내

낸다는 것 자체가 일종의 예술에 가까운 매력을 가지기 때문에 이런 풍조는 상당히 지속될 수 있다. 즉 예술 영역을 벗어난 힘에 의해 거대한 사회적 변동이 발생할 때까지 계속 지속되는 경향을 보인다(대략, 동로마제국의 문화가 그러했으며 유럽도 르네상스에 이르기까지 약 천 년간 문학적 정체기에 있었다고 할 수 있다. 일본의 『고킨슈古今集』 이후의 와카和歌의 역사도 그 일례로 파악될 수 있다. 중국의 문학도 대체로 모방적이었다. 하지만 중국에서는 모방이라는 굴레에 얽매이면서도 하늘을 펄펄 날았던 소수의 천재가 배출되었다). 모방적 작품만 번성한 후에는 문학에서의 참신함이 무의식적 공포감을 불러일으키며, 오히려 참신한 문학을 정도에서 벗어난 것으로 간주하는 경향을 보인다. 만약 문학이 이렇듯 비슷한 유형 속에서 재생산되는 선에 머문다면 문학이란 존재는 하나의 순간적 위안, 혹은 사교의 도구에 지나지 않을 것이다. 그렇다면 우리의 삶과 연계되거나 우리에게 흥미나 관심interest을 부여할 수 없다. 권력의 시녀가 되어 그 필요성이 의문시될 운명을 맞이하리라고 충분히 예측할 수 있다. 그런데 창조적이며 뛰어난 문학이 나타나 모방이 모방을 부르는 타성적 연결고리를 끊어버린다면 어떨까. 물론 그런 탁월한 문학이 출현하려면 사회 자체가 어느 정도 정체에서 탈피해 있을 필요가 있다. 혹은 반대로 창조적 문학은 사회적 정체를 타파할 수 있는 새로운 움직임을 촉진하기도 한다. 문학에 참신함이 없다면 과연 그런 역할을 할 수 있을까?

문학에 필요한 참신함은 우선 제재의 참신함이어도 좋다고 앞서 언급했었다. 자신들은 미처 몰랐지만 인간 사회에는 이런 일도 실제로 일어날 수 있었다는 놀라움, 독자에게 그런 놀라움을 주는 보고만으로도 그 의의는 충분하다. 놀라움은 모든 사색, 행동에 시동을 걸어줄 힘을 제공하기 때문이다. 그러나 그런 작품은 실재하는 것에 대한 무지의 해소, 요컨대 그 현장에 있는 사람이라면 굳이 작품에 접하지 않아도 알 가능성이 있는 사항(인간의 정신은 훈련을 거치지 않는 한 눈앞에 있는 것을 그대로 파악해 그 의의를 포착하는 일이 쉽지 않지만, 어쨌든 그런 실재 현상)에 대한 보고에 불과하지만, 진정으로 뛰어난 문학은 제재의 참신함 외에 발견을 내포하고 있다. 요컨대 어떤 작품이 나올 때까지, 해당 작품에 의해 비로소 드러날 대상의 존재나 가치가 몇 사람에게만 인지되었을 뿐인데, 일단 해당 작품을 접한 후에는 독자로 하여금 여태까지 그것을 알아차리지 못했다는 사실을 오히려 신기하게 여기게 만들며, 그럴 만한 힘을 갖추고 있다. 예를 들어 알프스의 봉우리는 태곳적부터 은백색으로 빛나고 있었으며, 빙하 주변에는 수십 세기 전부터 에델바이스가 가련한 모습으로 피어 있었다. 그러나 루소가 펜을 들 때까지 알프스산의 아름다움은 알프스에 사는 사람들의 눈에조차 보이지 않았다. 물론 루소 이전에도 게스너Konrad von Gesner(1516-1565, 스위스의 생물학자), 짐러 Josias Simmler(1530-1576, 스위스의 인문학자) 같은 선구자가 존재했으나, 일반인들에게까지 산악의 아름다움에 대해 동경심을 품게 만들 수 있었던 것은 오로지 루소의 힘이었다. 아울러 보들레르의 『악의 꽃』이 위고의 표현처럼 "새로운 전율"을 일으켰다는 사실을 떠올려 보아도 짐작할 수 있다. 이 한 권의 시집이 발견한 대도시의 퇴폐미는 이후 각국의 근대 시인들로 하여금 그 발견의 영향력 아래 존재하게 했다는 의미에서 획기적인 일이었다. 일본의 근대시도 『악의 꽃』이 없었다면 지금과는 좀 더 다른 양상을 보였을지도 모른다. 굳이 이런 대작가가 아니더라도 독창성 있는 작가들의 작품을 읽으면 지금까지 막연히 느끼던 것에 선명한 윤곽이 그려진 듯한 느낌이 드는 경우가 있다. 이것이야말로 문학의 기뿜이다. 이런 크고 작은 발견으로 문학은 인간세계를 거대하고 심오한 것으로 만들며 실질적 부분을 증폭시킨다. 아울러 문학은 발견을 통해 민중이 생각하는 바에 적확한 표현을 부여함으로써 이것을 한층 강하게 실감시키며 민중을 새롭게 만들어주는 힘을 가지고 있다. 참신성을 갖춘 문학이 인생에 얼마나 필요한지는 구구절절 설명할 필요도 없을 것이다.

성실함

톨스토이는 예술의 가장 중요한 요소로 성실함을 강조하며 "소설을 쓰고 싶다는 욕망을 제외하고는 그 어떤 마음가짐조차 없는 작가"를 공격의 대상으로 삼고 있다. 작가 스스로 어떤 대상에 대해 강한 흥미나 관심interest도 감동도 없다. 그런 상태에서 어찌 독자의 관심사interest를 일깨워 꿈틀거리게 만들 수 있단 말인가. 물론 흥미나 관심interest의 강도만으로 작품의 가치를 결정지을 수는 없다. 감동을 그대로 폭발시키는 것이 창작이라고 말할 수도 없다. 이런 상황에서는 당연히 표현기술이라는 문제가 개입되게 되지만, 시동을 건

흥미나 관심interest의 힘이 약하다면 아무리 기술을 숙련시켜도 결국 구제가 불가능하다. 물론 여기서 말하는 '성실함'이란 작가가 대상에게 전인적全人的 흥미나 관심interest으로 작용을 가한다는 의미다. 그 대상이 불성실한 현상이거나 해당 작품의 문체에 유머가 섞여 있거나 농담조여서는 안 된다는 의미가 결코 아니다. 『나는 고양이로소이다我輩は猫である』가 유머로 가득 차 있다고 해서 나쓰메 소세키夏目漱石가 불성실한 인간이라는 소리는 아니다. 하지만 작가는 불성실한 현상을 취급할 때도 그 불성실함에 대해 성실히, 자신의 책임하에 온전히 임해야 한다. 에로틱한 문제라고는 해도 섹스 역시 인간의 삶에 중요한 요소기 때문에 이것에 흥미나 관심interest을 갖고 임하는 것 자체에는 그 어떤 불성실함도 존재하지 않는다. 개인으로서의 자아에 절망하며 섹스 안에서 인간과 인간을 잇는 매개를 발견하고자 했던 로렌스의 고뇌를 누가 비난할 수 있겠는가. 이것은 하나의 '발견'이었다. 하지만 섹스를 다룬 그런 작품들에 묘사된 에로틱한 행위에 작가가 진정으로 전인적 이해interest를 바탕으로 책임져야 한다는 것은, 섹스 이외의 다른 주제에서처럼 당연하다고 할 수 있다. 인

간은 애당초 천사가 아니지만, 그렇다고 짐승이 될 수도 없는 노릇이다. 성행위 직전과 직후 모두, 당사자는 인간으로서의 과거 경험의 축적에서 결코 자유로울 수 없다. 그리하여 그 경험들은 앞으로의 생활에도 반드시 어떤 형태로든 영향을 끼친다. 그런 점에 대한 이해 interest를 바탕으로 하지 않은 채 작가가 에로틱한 행위만으로 독자를 자극하며 영합적인 소재로 사용할 경우, 그 작품은 에로틱 문학을 운운하기 이전에 문학 자체로 이미 불합격이다.

문학가는 반드시 성실해야 한다. 하지만 성실하기만 하면 될까. 성실하기만 하면 어떤 대상에 관한 성실함이든 작품의 가치와는 무관할까? 회화의 경우 세잔Paul Cézanne의 사과 그림이 7월 혁명의 바리케이드를 넘는 들라크루아Ferdinand Victor Eugène Delacroix의 그림보다 가치가 낮다고 그 누가 단언할 수 있을까. 그렇다면 문학도 마찬가지일까? 무엇을 다루든 능숙하게 표현해낼 수만 있으면 아무래도 상관없다고 말할 수 있을까? 미술 중에서도 조각의 경우, 회화처럼 사과나 염교(일본어음 '랏쿄'에서 따서 '락교' 혹은 '초생강'으로도 통용되며 주로 초밥과 함께 먹음-역주) 같은 무생물을 절대 취급하지 않는다. 아울러 매미나 개 따위의 형상을 새겨도 결국 인체상의 높이에는 다다를 수 없다. 이 같은 명백한 사실을 함께 고려해야 한다. 어째서일까? 색채의 조화가 불러일으키는 감정을 표현하는 회화와 달리, 색채를 가지지 않는 조각은 이른바 고독한 사상을, 언어로 번역할 수 없는 사상을 나타내는 분야이기 때문이다. 각 예술의 장르별 특색을 무시해서는 안 될 것이다. 문학, 특히 산문은 미술을 모델로 해서는 안 된다. 유독 일본에서는 사회가 정체됨에 따라 문학을 미술처럼 간주하는 경향이 여전히 강하다. 특히 조각의 경우 나라시대 이후 대작가가 나오지 않았기 때문에 오로지 회화가 모델이 되었다. 하지만 시간 안에서 변화해가는 인간의 생명을 온전히 표현하는 데 가장 적합한 문학 장르는, 정적靜的인 회화 장르를 모델 삼아 생각해서는 안 된다.

　인간 사회의 사건들이 상호 연관성을 가지며 전체로 이어진다는 사실을 미처 깨닫지 못했던 옛날 옛적과는 사정이 확연히 달라졌다. 오늘날에 와서도 여전히 인생의 자질구레한 일들에 대한 고립적 흥미나 관심interest 밖에 가지지 못한다면 문학가로서 자격 중 하나인 '민감성의 결여'를 뜻한다. 색맹인 화가가 그린 그림이 우리를 감동시킬 수 없듯이 비슷한 맥락에서 이런 문학작품은 독자에게 감동을 줄 수 없다. 흥미나 관심interest을 불러일으키지 못하는 것은 당연한 일이다. '사소설의 성실함'이라는 표현을 종종 접하곤 하는데, 예를 들자면 이런 의미일 것이다. 제법 돈푼깨나 모았다는 인간이 권력은 두렵기에 세금은 당장 납부하지만, 그 외의 모든 일에 대해서는 이와 판이한 태도로 '너는 너고 나는 나'라는 식으로 틀어박혀 지낸다고 가정해보자. 만약 이런 모습을 성실하다고 표현할 수 있다면, 사소설이 성실하다는 표현도 어쩌면 통용될 수 있을지 모른다. 물론 제재가 거대한 스케일을 갖춘 것이라면 비록 그 표현이 조잡한 작품일지라도 섬세하고 긴장감 넘치는 사소설보다 더 가치 있다는 소리는 아니다. 하지만 건강한 정신을 가진 문학가라면 지엽적인 문제보다 굵직한 문제에 임할 때 더 많은 흥미나 관심interest이 발동될 것이다. 개나 고양이를 대할 때와 민족을 대할 때 동일한 흥미나 관심interest을 느끼는 사람은 건강하지 않은 사람들뿐이다. 건강하지 않은 사람들이 뛰어난 문학을 만들어낼 리 없다.

그렇지만 작가의 성실함을 문제 삼을 때 주의사항은

어디까지나 작품 속에 드러난 표현으로 한정해 파악해야 한다는 점이다. 물론 작가의 생활 태도는 작품에 큰 영향을 미치겠지만, 작가의 성실함과 사생활의 성실함을 혼동해서는 안 된다. 신중하고 정직한 생활을 하면서도 문학적으로는 단정치 못한 작품을 쓰는 사람도 충분히 있을 수 있다. 나무는 열매로, 작가는 작품으로 판단해야 한다. 성실한 생활을 하는 무능한 예술가에 감탄하는 정신주의의 우를 범해서는 안 될 것이다. 그것은 예술을 멸시하는 행위다. 작품에서의 성실함, 요컨대 작가가 그것에 얼마만큼의 흥미나 관심interest을 두는가는 직관적으로 독자에게 감지될 것이다. 그것이 가능해지려면 독자가 약간의 문학적 연습을 해두는 것이 전제조건이 된다. 따라서 나이가 어리거나 경험이 미숙한 독자들은 앞서 나온 참신함의 경우보다 성실함의 파악이 좀 더 곤란할 것이다. 뛰어나고 성실한 작품에 많이 접하는 것 이외에 길이 없겠지만, 그 길은 나중에 언급하는 것처럼 즐거운 길이라고 할 수 있다(5장 참조).

명쾌함

명쾌하지 않은 작품은 사람들을 기쁘게 할 수 없다. 사람들은 이해할 수 없는 것에 흥미나 관심interest을 가질 수 없기 마련이다. 톨스토이는 만인이 이해할 수 없는 예술작품이라면 가치가 인정될 수 없다고 주장했다. 대담하기 짝이 없는 이 제언은 20세기 미학에서 가장 중대한 문제를 사람들에게 들이민 형국이었다. 이 문제는 해결이 지극히 곤란한 사항이긴 하지만, 비현실적인 소리라고 간단히 넘겨버릴 수 있는 사람은 '구제 불능의 귀족주의'에 빠져있다고 말하지 않을 수 없다. 데모크라시에 진지한 사람이라면 이 문제에 결코 무관심할 수 없기 때문이다. 특히 일본의 경우, 한자 사용으로 인해 문학이 귀족적 양상을 보이며 한적함이나 사비(일본 고유의 미의식 중 하나-역주), 와비(사비와 함께 일본 고유의 미의식 중 하나로 특히 다도의 미의식-역주), 유현幽玄(그윽한 아름다움을 표현하는 전통적 미의식-역주) 등등, 결국 모두 같은 것으로 귀착되겠지만, 그런 것들을 존중함으로써 자연스럽게 예술의 명확함이 확보되지 못하게 되었다. 결국 신비적인 경향으로 흘러버리거나 폐쇄적 세계 속에서 모든 것을 예술로 파악해버리는 등, 요컨대 도무지 이해

불가한 것을 고급예술로 간주하는 경향이 강했다. 이런 측면을 고려하면 명쾌하고 이해하기 쉬울 필요가 있다는 점은 더더욱 강조되어야 마땅하다. 보통 어떤 예술품이 뛰어나다고 평가할 때는 그 자체로서 훌륭하다는 사실과 함께, 당연히 그것이 전달communication 가능하다는 점을 포함하고 있다(물론 이 양자는 상호 연관성을 갖고 있으므로, 구분해서 생각할 수 없다). 리처즈는 "커뮤니케이션communication이 있었다고 말할 수 있는 순간은 하나의 정신이 그 주위에 작용을 가해 또 다른 정신이 영향을 받으며, 두 번째 정신 안에 첫 번째 정신 속에 존재했던 경험과 비슷한, 그리고 부분적으로 그 경험에 의해 유발된 하나의 경험이 발생했을 때다"라고 말했다.

문학이 인간과 인간을 이어주는 힘을 가진다고 평가받는 이유도 바로 이 커뮤니케이션의 작용 때문이다. "자연스러움을 확보한 하나의 이야기가 하나의 열정 혹은 하나의 행동을 묘사할 때, 사람들은 자신의 내면에서 그 이야기의 진실성, 즉 그런 것이 자신 안에 있으리라고는 미처 인지하지 못했던 어떤 진실성을 발견하게 된다. 그리하여 자신에게 그 사실을 깨닫게 해준 사람을 사랑하게 된다. 왜냐하면 그 사람이 본인 스스로 가지고 있던 바람직한 것이 아니라, 그야말로 우리가 이미 가지고 있던 바람직한 것이 무엇이었는지를 보여주었기 때문이다."(『팡세』 14) 이런 발언이 다른 사람도 아니고 예술을 멸시하던 상황에 있던 파스칼에 의해 행해졌다는 사실은 의미심장한 문제라고 할 수 있다. 문학에는 이런 기능이 있었던 셈이다. 다르게 표현해보자면, 작가와 독자를 이어줄 뿐만 아니라, 고독한 문학가가 만든 작품을 매개로 고독한 개개의 독자들이 그 고독에서 벗어나 하나의 정신적 협동체community를 형성한다고 할 수 있다. 문학이 가지고 있는 고귀하고 아름다운 직분, 바로 이 '커뮤니케이션'을 결코 경시할 수 없다.

톨스토이의 주장처럼 커뮤니케이션 폭의 규모만으로 문학작품의 우열을 가릴 수 있을지는 쉽사리 단언하기 어려운 문제다. 다수에 영합하려는 목적으로 아예 작정하고 쉽게 쓴 것은 앞서 언급한 '성실함'의 의무를 저버리는 것이기 때문에 논외로 친다고 해도, 애당초 커뮤니케이션이 성립할 수 있으려면 작품의 생산자와 향수자 사이에 '공통된 기반'이 있어야 한다. 이를 방해하는 요소로 시대, 국가, 민족, 국어, 국내의 각 지방, 방언, 계급, 집단 등의 특수성이 존재한다. 예를 들어 도쿠가와시대德川時代(도쿠가 가문이 지배하던 에도시대-역주)의 일본인에게 라신이나 스탕달의 작품을 읽게 해본들 그들이 흥미나 관심interest을 느낄 수 있을 리 만무하다 (혹시라도 셰익스피어의 『맥베스』나 몰리에르의 『상상병 환자』라면 약간의 흥미나 관심interest이 생길지도 모르겠다). 하지만 이런 사실은 라신이나 스탕달의 가치를 결코 경감시키지 못한다. 현대 영국에서도 디포의 『로빈슨 크루소』나 스위프트의 『걸리버 여행기』에 비해 존 키츠나 헨리 제임스의 영향력이 훨씬 적다고 한다. 이런 상황이라면 커뮤니케이션의 폭만으로 작품의 가치를 판정할 수는 없을 것이다. 반대로 '공통된 기반'이 지나치게 많아도 문학의 싹은 좀처럼 움트기 어렵다. 예를 들어 가족 상호 간이라면 몸짓이나 간단한 몇 마디로 이미 충족되어버리기 때문에 굳이 문학은 태어나지 않는다. 일본은 300년에 이르는 쇄국과 사회적 정체로 인해 민족 전체가 말하자면 하나의 가족 같은 상태에 빠진 측면이 있다. 고작 열일곱 글자로 무리하게 생략된 하이쿠俳句(5·7·5조의 일본의 고전 정형시-역주) 따위가 문학작품이 될 수 있었던 이유는 그 '공통된 기반'이 과도하게 존재했기 때문일 것이다. 그런 의미에서 이것을 "불완전한 문학"이라고 언급한 오가와 다로小川太郎 씨의 규정은 매우 정확했다. 불완전한 문학으로 다른 나라 사람들을 움직일 수는 없을 것이다. 당연한 사실이다.

세계는 하나가 되어가고 있다. 특히 여러 문명국에서의 생활풍속이 비슷해지면서 각국의 문학, 특히 소설은 어느 문명인에게도 흥미나 관심interest을 느끼게 하는 문제를 중심으로 창작되고 있다. 이에 따라 각국의 특수한 풍속에 기대는 경우가 적어지고 있으며(프랑스에는 바야흐로 이즈미 교카泉鏡花 같은 작가는 없다), 외국인들과의 커뮤니케이션 가능성은 늘고 있다. 그럼에도 일본 문학은 여전히 일본적으로 '공통된 기반'(세계적으로 보면 특수한 것)에 지나치게 의존하는 경향이 강하다. 따라서 하인리히 하이네의 시는 일본에서 거듭해서 다양한 버전이 나오고 있지만, 바쇼芭蕉(일본 근대 대표적인 하이쿠 가인-역주)는 외국에서 전혀 유행하고 있지 않다. 이런 사정은 현재 일본 문학 전체에도 해당되는 사항일 것이다. 이런 사실과 커뮤니케이션의 폭의 넓이로 문학적 가치를 결정할 수 없다는 사실을 간단히 결부시킬 수는 없다. 어쨌든 세계적인 커뮤니케이션이 없다는 사실은 폭넓은 비평을 불가능하게 한다는 의미에서 일본 문학을 쇠퇴시킬 우려가 충분하다.

톨스토이가 사회와 인류를 지나치게 사랑한 나머지 예술에 대한 실용주의 노선을 성급히 채택했던 심정은 충분히 이해된다. 하지만 그가 한가로움이 불필요한 과학 연구의 예로 언급한 "원자 형상 연구"에서 잉태된 원자 에너지가 오늘날 세계의 운명을 한순간에 뒤바꾸고 있다. 원자 에너지가 평화적으로 사용될 경우, 세계 인류의 비참함을 대폭 줄일 수 있다는 사실을 고려하면, 예술에서 '예술을 위한 예술'의 배격을 즉시 문학에 대한 '매스커뮤니케이션의 요구'로 전환하는 것에는 신중할 필요가 있다. 물론 문학은 독자 없이는 애당초 성립될 수 없으며 창작은 어디까지나 개인을 통해서 행해지기 마련이다. 결국 "고독한 길을 따라가다 보면 공유적 사상과 조우하게 된다"라는 알랭의 지적이 얼마나 진실성을 담고 있는지 음미해보아야 할 것이다. 작가는 현재 눈앞에 있는 특정 독자가 아니라(그렇게 하면 자칫 영합이 되기 십상이다), 이른바 가능성 안에서 상정할 수 있는 모든 독자에게 말을 건네야 하며, 뛰어난 작품들은 그 가능성을 현실로 만든다. 스탕달을 보면 알 수 있듯이, 처음에는 괴물이라는 혹평을 받았던 『적과 흑』의 쥘리엥

이 수십 년 후에는 이상적인 인물로 평가받는다. 이처럼 뛰어난 작품은 스스로 독자를 만들어낼 저력을 가지고 있다. 따라서 작품의 가치를 판단할 수 있는 기준으로서의 '커뮤니케이션의 폭'이라는 것도 창작 직후의 현실 속 독자 수가 아니라, 그것이 다수가 될 수 있는 가능성이라고 생각해야 한다.

명쾌함이라는 것도 지성의 부족, 표현기술의 치졸함, 과도한 생략 등을 통해 발생하는 마이너스 요소와 대립하며 그것을 부정하지만, 그렇다고 난해함과 반드시 대립하는 것은 아니라고 생각하고 싶다. 여기서 말하는 **난해함**이란 사상적으로든 표현적으로든(이 양자를 구별하는 것은 좋지 않지만) 그 내용이 충실함에도 불구하고 언뜻 보면 쉽사리 이해되지 않는 것을 말한다. 극단적인 예를 들면 고등수학 같은 경우일까. 이것은 아마추어에게는 쉽지 않지만 노력해서 일단 이해하면 그야말로 명쾌한 세계다. 물론 예술은 직접 감각에 호소해야 마땅하므로 약속이나 정의가 많은 학문과 비교할 수는 없겠지만, 회화 영역에서 예를 들면 세잔이나 마티스Henri Émile Benoît Matisse, 피카소Pablo Picasso는 어떨까? 세잔이 데뷔했을 때 화가나 평론가들은 그에 대한 몰이해로

얼마나 많은 혹평을 가했던가. 피카소 작품을 이해하지 못하는 사람은 오늘날의 프랑스에도 매우 많을 것이다. 하지만 세잔은 물론, 피카소도 세계 최고의 화가로 인정받고 있다. 우리에게 비록 충분히 이해되지 않더라도 그들을 존경하고 그들을 이해하고자 노력하는 것은 결코 권위 추종이 아니다. 세계적 공인이라는 객관적 사실 앞에 겸허한 태도를 보이는 것이며, 인류의 대표선수로서 문화의 첨단에 서 있는 사람들에게 경의를 표하는 것이다. 따라서 일단 한번 이해에 다다르면 비로소 하나의 새로운 세계가 열리며 우리는 충분한 보상을 받는다(그 기쁨은 "방풍나물이 이토록 모래에 뒤덮여있다니防風のここまで砂に埋もれしと"라는 하이쿠의 의미를 이해하지 못했는데 어떤 뜻인지 누군가가 가르쳐주자 비로소 납득했을 때의 감정과는 전혀 다르다. 그것을 통해 계속 성장해가는 것이 있다는 기쁨의 감정이기 때문이다). 문학이 늘 참신함을 추구하는 이상, 거기에는 반드시 첨단에 선 선수가 있어야 한다. 일찍이 피카소가 미국인에게 지적당했을 때 했던 발언은 상징적인 의미를 띤다. 그의 그림에는 제자들의 그림과 달리 무언가 불결한 것이 발견된다는 지적을 받자, 피카소는 처음 시도해보는 인간의 작업에는 모두 그런 측면이 있다고

반박했다. 모든 발견자의 작업에는 일종의 난해함이 있다. 이것을 종래의 문학관에 비추어 명쾌함이 부족하다며 부정한다면, 참신함을 추구하는 문학의 본질과 상충되는 모순에 빠질 것이다.

아울러 주의를 요하는 부분은 현대문학의 성격에 전반적으로 보이는 난해함이다. 이런 사정은 사상계도 마찬가지다. 예컨대 19세기 이전의 심오한 사상가, 예를 들어 데카르트René Descartes나 스피노자Baruch Spinoza, 로크John Locke, 라이프니츠Gottfried Wilhelm Leibniz 등은 자신이 말하고자 하는 의미를 정확히 알고 이에 대해 언급했던 명석한 사상가였다. 하지만 19세기 이후의 사상가는 서로 모순된 여러 사상의 조화에 힘쓴 나머지 불가피한 혼란에 빠졌고, 결국 혼탁한 사상가가 될 수밖에 없었다(화이트헤드). 따라서 이런 사정을 고려치 않은 채 현대문학의 난해함을 무조건 비난해서는 안 된다. 아울러 피카소 이후의 회화를 통해서도 알 수 있듯이, 오늘날에는 조형미술마저 '사상적'이 되었다. 하물며 문학은 사상과 마찬가지로 언어를 그 매개로 사용하고 있다. 언어 자체가 추상성을 가지며 기호와 인접해 있기에, 문학과 사상의 공동생산(제작) 경향은 한층 극심하다. 일본의 경우 사상과 관련된 글은 일단 학술논문이라고 믿어 의심치 않은 채 문학과 거리가 먼 이단적인 존재로 간주해버리지만, 오늘날 대부분의 나라에서 문학과 사상의 공동생산(제작)은 바야흐로 세계적 풍조라고 할 수 있다. 문학이 하나의 구상적具象的 사고의 방법이 되고 있어서 20세기 문학은 사상에 대한 이해 없이는 파악할 수 없게 되었다. 때문에, 일본 문학이 세계에서 스스로 소외된 존재가 되고자 아무리 애써도 이런 풍조는 머지않아 일본에도 닥쳐올 것이다. 결국 공예적인 작풍의 태만한 문학가는 도태될 것이다. 앞서 문학의 흥미로움을 비속한 예로 설명했는데(19쪽 참조), 여기서 다시금 되풀이하자면, 현대인의 경우 여성이 지닌 외모의 아름다움을 논할 때조차 지적인 번득임을 불가결한 것으로 파악하기에 이르렀다. 일본의 독자들도 바야흐로 단순한 백치미로는 만족할 수 없게 될 것이다.

문학과 도덕

톨스토이의 예술에서 세 가지 관념을 빌려와 설명하면서도 정작 그가 가장 중시했던 '문학의 도덕성'을 '뛰어난 문학'의 기준으로 채용하지 않았다. 이런 사실에 대해 독자 여러분들은 의아스럽게 생각할지도 모른다. 나는 도덕성을 '뛰어난 문학'의 기준으로 삼는 것에는 쉽사리 찬성하기 어렵다. 그도 그럴 것이 세간에는 문학이 오로지 감정을 중시하고 이성을 경시하며 도덕을 무시하고 사회 풍속이나 질서를 어지럽히는 존재라고 생각하고 싶어 하는 사람이 적지 않은데, 특히 일본에는 그런 사람들이 유독 많기 때문이다. 이런 생각을 지닌 사람들에게 '문학에는 도덕성이 필요하다'라는 표현을 사용해버리면, 문학 그 자체를 부정하는 결과가 될 것이다. 따라서 미리 약간의 설명이 필요하다.

아무리 사상적인 작품이라도 문학은 당연히 이론적인 논문이 아니다. 즉 기술記述이 아니라, 표현이기 때문에 모든 사람의 마음에 직접 호소하는 형태로 제시되는 것이 이상적이다. 물론 문학이 감정만 중시한다는 소리는 결코 아니다. 문학을 단순히 감정이나 감각의 세계로 치부하는 사고방식은 제법 일반적인 상황이 되었는데, 이런 사고방식이 대두된 까닭은 아마도 관념론 철학의 영향 때문일 것이다. 관념론 철학에서는 인간의 정신을 이성, 오성, 감성으로 나누고 인간의 생활을 지적 생활, 실천적 생활, 미적 생활 등으로 구분했다. 이런 식으로 인간을 구분하면 문화의 각 부문이 각각 별개의 틀로 나뉘어 철학은 '이성'과 '지적 생활' 범주에, 예술이나 문학은 '미적 생활'로 분류될 것이다. 이렇게 되면 당연히 문학에 '감성'의 영역이라는 꼬리표가 달린다. 우리가 이성과 오성, 감성을 가지고 있으며 생활 속에서 지적, 실천적, 미적 기타의 측면을 가진 것은 사실이다. 적어도 그렇게 생각하는 것이 설명하기에는 편리하지만, 우리가 진정으로 삶을 살아간다면 그런 것들은 각각 별개로 존재하지 않고 당연히 우리의 신체 안에서 공존하고 있다. 오히려 그 모든 것이 하나가 되어 우리의 신체와 이어져 있다고 말할 수 있을지도 모를 정도다. 살아간다는 것은 그렇게 구분된 요소들이 기실은 하나로 이어져 있음을 행동으로 보여주는 과정 자체이다.

문학의 직무 중 하나는 철학자에 의한 이런 구분 방식이 간편한 설명에 지나지 않으며, 현실 속에 살아가는 인간은 그런 구분을 뛰어넘어 전적全的으로 살아가고 있다는 사실을 구체적으로 보여주는 데 존재한다. 뛰어난 작품은 반드시 그 책임을 다하고 있다. 문학이 단순히 학문적 저작물 따위에 그치지 않고, 사람들을 움직이게 만든다는 측면에서 훨씬 강력히 작동되는 까닭은 과연 무엇일까. 문학이 '이지'와 '감정'을 하나의 것으로 표현하면서, 요컨대 인간의 전인성全人性이라는 측면에서 내면 깊숙이 파고들기 때문이다. 문학을 감정에만 결부시키며 감정을 악의 근원으로 생각하는 도학자적 사고를 근거로 문학을 경시하는 사람들은 모든 문학에 이지적 요소가 부족하고 영합적이며 감정이라고 (물론 비교적이라는 의미에서) 생각한다. 그러다가 간혹 '뛰어난 문학'을 접해도 그저 감각적으로밖에는 음미할 수 없는 사람들이기 때문에 애당초 논외라고 할 수 있다.

주의해야 할 점은 일반적으로 문학과 도덕의 관계가 논해질 경우, 언제나 도덕 측에서 문제가 제기되어 문학은 항상 이른바 피고석에 앉게 된다는 사실이다. 그런데 문학을 심판할 해당 재판관인 바로 그 도덕의 내실이 현재의, 혹은 과거부터 습관적으로 전해 내려온 기성 윤리라는 사실이 중요하다. 심지어 옛날 그대로의 도덕이 바람직한 것으로 여겨지며, 그것에 부합하는지 여부에 따라 문학에 관한 판결이 결정된다. 이렇게 되면 끊임없이 참신함을 추구해야 할 문학이 유죄가 되는 것은 오히려 당연한 결과이다. 유죄로 취급되는 것이 문학으로서는 명예일지도 모른다. 생각하건대 문학은 결코 고색창연한 도덕의 길잡이일 수 없으며, 어떤 의미에서든 항상 혁명적인 존재여야 한다. 기성 도덕을 영구불변한다고 생각하는 절대주의 아래에서 문학이 결코 올바르게 성장할 수 없었다는 사실은 이를 역으로 증명해주고 있다. 문학이 성장하고 활동할 수 있는 유일한 환경은 사회에 많든 적든 자유가 존재하고 흥미나 관심interest의 폭넓은 발동이 가능하며 인간의 가능성이 충분한 곳이다. 그런 상황에서 뛰어난 문학은 현재나 과거의 인생을 표현하며 단순한 재현에 머물지 않고 반드시 새로운 인간의 가능성을 시사한다(플라톤이나 파스칼이 예술이나 문학을 인정하지 않았던 것은 그런 것들이 무언가를 단순히 재현하는 것에 불과하다고 생각했기 때문이다). 특히 근대문학은 삶을 사색하기 위한 하나의 방법, 기호적이고 추상적인 사색이 아니라 구체적이고 전인적 사색의 방법이 되었다. 문학 창작이 인간 인식의 유력한 방법 중 하나인 이상, 문학 창작에서 인간성의 확대나 발견을 포함하는 것은 당연한 일이다. 따라서 문학은 새로운 사회, 새로운 도덕을 정언적定言的으로 명시하기보다는, 오래된 인습을 타파하고 새로운 인생을 창조하려는 마음 그 자체, 요컨대 구상력imagination을 고무한다. 때문에, 사회에 대한 "불만이 최초로 발생한 것도, 혹은 보다 나은 미래에 대한 최초의 암시를 얻을 수 있었던 것도, 항상 예술작품 안에서였다."(듀이) 그렇다면 인습에 얽매이고 습관에 의해 살아가려고 하는 수구주의자들 눈에는 문학이 항상 위험한 존재로 보이는 것은 당연한 결과이며, 만약 그렇다면 뛰어난 문학 입장에서 오히려 명예라고 할 수 있다.

인습적 도덕이 문학을 좀처럼 인정하기 어렵다는 의미에서 문학은 결코 도덕적일 수 없다. 때에 따라서는 자칫 반도덕적으로 간주될 정도다. 하지만 문학이 인생에 대한 강렬한 관심interest에서 태어나 인생을 표현하고 독자 내면에 인생에 대한 이해interest를 불러일으키는 존재인 이상, 문학은 궁극적으로 윤리와 결코 무관할 수 없다. 그렇다면 문학의 윤리성이란 어떤 것일까? 한마디로 말하면 문학은 기성의 도덕에 따라 이것을 형상화하는 것이 아니라 새로운 도덕의 내실을 이룰 것을 구체적으로 창조해내고, 그것 없이는 새로운 도덕의 수립도, 좀 더 나은 내일의 생활 건설도 불가능한, 인간다운 마음 그 자체를 길러내고자 한다. 바로 이 점을 통해 문학은 윤리적이라고 할 수 있다. 셸리의 유명하고 솔직하고 아름다운 말을 예로 들면 다음과 같다.

"시의 부도덕성에 관한 모든 비난은, 시가 인간으로 하여금 도덕적으로 진보하게 하는 방식을 오해한 데 근거한다. 윤리학은 시가 창출해낸 모든 요소를 정리하고, 공공 생활이나 가정생활의 여러 도식을 밝히며 범례를 제시한다. 한편 인간이 서로 미워하거나 경멸하고, 혹은 상대를 비난하고 기만하며 예속시키는 것은 뛰어난 (윤리) 학설이 부족하기 때문이 아니다. 하지만 시는 인간이 아닌 신이나 할 수 있을 법한 방식으로 작용한다. 시는 이지理知로는 미처 포착할 수 없었던 사상들의 수많은 조합을 품을 수 있는 거대한 그릇이 되어준다. 이를 통해 마음 그 자체를 눈 뜨게 하고 넓혀준다. 마음의 움직임을 강화하고 순화시키며 구상력을 확대한다. 감각에 정신을 더할 수 있는 것이라면 그것이 무엇이든 유용한 존재라고 할 수 있다. 만약 단테, 페트라르카, 보카치오, 초서, 셰익스피어, 칼데론, 바이런 경, 밀턴이 일찍이 존재하지 않았다면 세계의 도덕적 조건은 과연 어떻게 되었을까. 이 점에 대해서는 그 어떤 상상력을 동원해도 짐작할 수 없는 대목이다."(이 문장 안에 보이는 시라는 단어는 광범위하게 문학이라고 해석해도 무방하다.)

이런 지적을 한 셸리뿐 아니라 진정한 문학가라면 누구나 기존 질서에 만족하고 거기에 안주할 수 없을 것이다. 설령 그 질서가 아무리 바람직하고 아름다울지라도, 그것에 안주할 수 없는 정신을 가진 존재가 바로 문학가다(인간세계의 질서에서 완전한 선, 혹은 완전한 미란 있을 수 없다. 혹시라도 완전무결한 천국이 있다면 자유가 전혀 없는 지옥과 마찬가지로 예술은 존재할 수 없을 것이다). 만약 만족할 수 있다면 새로운 욕구 역시 있을 수 없고 흥미나 관심interest도 발생하지 않는다. 따라서 새로운 경험은 생겨나지 않을 것이며, 결국 문학은 창작될 수 없게 된다. 구질서 안에서 이것을 찬미한 문학도 가능은 하겠지만, 그럴 경우라도 표현만은 구질서에서 이탈을 꾀한다. 만약 표현마저 구질서에 순응한다면 그것은 기능인artisan의 작업에 그칠 뿐이다. 결코 예술가artist의 예술일 수 없기 때문이다. 예술가로서의 문학가는 기존 질서에 결코 만족할 수 없다는 의미에서 본질적으로 혁명가다. 그가 불만스럽게 느끼는 대상은 기성 도덕뿐 아니라 기성의 형식 또는 표현법을 겨냥할 경우도 있지만, 여기서는 도덕만으로 한정시켜 생각하기로 하자.

문학가는 기성 도덕에 불만을 갖고 있다. 그렇다고 당장 기성 도덕을 파괴해야 한다고 부르짖거나 느닷없이 그것을 행동에 옮기지는 않는다. 물론 바이런이 그리스 해방을 위해 검을 들거나 스탕달이 열렬한 연애를 거듭 경험했던 것처럼, 문학가는 자기 생각을 행동으로 옮기기도 한다. 문학가로서의 그들의 삶은 이것을 실천에 옮길 수 있는, 혹은 옮길 수 있었을지도 모를 마음을 계속 품고 있으면서도 차마 그것을 행동으로 옮기지 못하거나 행동으로 옮기는 것을 방해받으며, 그런 행동에 시동을 걸 수 있는 흥미나 관심interest을 이른바 실험한다는 측면에 있다. 실험한다는 것은 자기의 관심사interest를 직접 행동으로 옮기는 것이 아니라 이것을 객관적 언어로 표현함으로써 객관적 세계 안에서 경험하는 것이다. 원래 관심interest은 명확한 단어로 표현될 명제가 아니다. 만약 그렇다면 그 형상화는 기능인 artisan의 작업에 불과할 것이다. 관심interest은 미확정적인 몽상에 가까워서 객관화 과정에서 당연히 변화한다. 혹은 그렇게 변화된 관심interest에 의해 작가가 선택할 객관적 세계도 자연스럽게 변해간다. 이런 상호작용을 통해 작가가 객관적 세계 안에 표현하면서 형성해 갈 경험의 과정 자체가 창작이다. 따라서 우리가 작품을 읽음으로써 얻게 되는 '윤리적인 어떤 것'은 하나의 테제(강령)가 아니라 하나의 '윤리적 경험'이며 그것을 통과하거나 다시 경험함으로써 마치 현실의 경험처럼, 혹은 그 이상으로 강한 정신적 변혁을 거친다.

다음으로 주의해야 할 점은 일반적인 슬로건과 달리 관심interest의 경우, 인간이 현실 속에서 품을 수 있는 그것은 결코 단수일 수 없다는 사실이다. 최근의 심리학 연구에 의하면, 인간은 동시에 **다수의 관심사**interest를 품을 수 있는 존재다. 요컨대 우리는 이른바 다수의 자석을 마음속에 내장하고 있다. 정치적, 경제적 관심사interest, 연애나 식욕이나 야심 등등, 각각의 흥미나 관심interest에 의해 민감하게 움직이는 수많은 자석을 가지고 있다. 그런 자석들은 상호 간에 밀접하게 연관되어 있어서 그중 하나가 움직이면 필연적으로 다른 것도 진동시킬 수밖에 없다. 건전한 인간은 다양한 관심사interest를 자연스럽게 조화시킬 뿐만 아니라 그 안에서 일종의 계층 질서(hierarchy, 계층구조)를 유지하며 그 것을 통제한다(조화가 깨질 경우 분열증에 빠질 수 있는데 현대사회에서는 그 위험성이 극히 높다). 요컨대 우리가 삶을 살아간다는 것은 세상과 교섭하며 여러 관심사interest의 체계에 변화를 주면서 동시에 그것을 항상 조정해가는 과정이라고 할 수 있다. 질적으로 충만한 삶이란 여러 관심사interest를 통제하면서도 각각의 존재를 최대한 발전시키는 삶을 가리킨다. 그런데 타성적이고 습관적인 행위가 아니라 진정으로 그 이름값을 하는 경험일 경우, 경험을 하는 사람의 여러 관심사interest가 미처 재조정과정을 거치지 못한 채 종결되는(성격 파탄, 발광 등) 경우도 있을 수 있다. 따라서 경험의 가치는 경험자가 가진 관심사interest의 전체적 체계를 강하게 진동시키면서도 궁극적으로 이전보다 확대되고 강화된 균형 상태를 끌어낼 수 있는지에 따라 결정된다고 할 수 있다(퇴영적인 삶이란 이것과 반대로 이런 혼란을 두려워한 나머지 새로운 경험을 회피하고 생활을 축소해가는 것을 가리킨다. 극기라고 표현하기도 한다).

문학 창작으로서의 경험도 마찬가지다. 진정으로 구체적인 경험이라면 관심사interest가 객관화되는 과정에서 다른 여러 관심사interest를 발동시키지 않을 수 없다. 객관적인 정신 소유자로 과거의 경험(직접적인 인생 체험만이 아니라 독서, 예술작품에 의한 경험까지 포함한 경험)이 충분히 축적된 예술가라면 단일한 관심사interest로 창작이라는 경험을 완료시킬 수 없을 것이다. 다른 여러 관심사interest를 도입시킬 수밖에 없기 때문이다. 뛰어난 문학가라면 굳이 심리학적 지식을 반추하지 않아도 인간의 마음이 다양한 관심사interest들의 유기적 연계로 이루어진다는 사실을 직관적으로 알 수 있다. 자신의 마음속에서조차 상호 모순된 관심사interest를 동시에 품지 않을 수 없는 존재가 바로 인간이며, 문학가의 비극성도 이 점에 존재한다고 할 수 있다. 문학가는 온갖 관심사interest를 오로지 작품 창작을 통해서만 조정할 수 있다. 문학가는 상호 모순된 관심사interest를 동시에 작용시키면서도 각각의 그것을 최대한 만족시켜야 한다. 이는 현실 속 실제 체험이라는 틀을 벗어날 뿐만 아니라, 설령 자기 체험에 바탕을 둔 경우라도 허구 속에서 새로운 경험으로 전환할 수밖에 없다. **픽션**fiction(허구)이 필요한 이유라고 할 수 있다. 프랑스의 비평가 알베르 티보데Albert Thibaudet가 "진정한 소설가는 온갖 방향성을 가지고 등장인물들을 설정한다. 가짜 소설가는 그의 현실 생활 속 단일한 라인에 따라 등장인물을 설정한다"라고 말했던 것은 이런 사정을 언급하고자 했기 때문이다.

이런 과정을 거쳐 문학가가 그 경험을 완료했을 때, 즉 작품이 완성되었을 때, 그의 마음속에서 경합하던 무수한 관심사interest는 하나의 균형점을 발견한다. 문학작품의 미美(아름다움)란 온갖 모순된 요소들이 최종적으로 도달할 수 있었던 균형점을 의미한다. 따라서 모순의 규모가 크면 클수록 더 큰 아름다움이 확보되며, 미약한 관심사interest로 잔잔하게 써 내려간 미적 문장은 이에 해당하지 않는다. 물론 인생의 다양한 관심사interest를 조정하는 방식은 개인에 따라 서로 다를 수 있다. 문학가들은 각자의 작품창작이라는 고뇌에 찬 경험으로 비로소 도달할 수 있었던 여러 관심사interest의 독특한 조정 방식을 보여주며, 이를 통해 인생을 어떻게 살아가야 하는지의 물음에 나름대로 답안을 보여주고자 한다. 아울러 현대 일본의 순문학에 픽션(허구)이 없는 이유는 일본 문학가들이 소박실재론에 따를 뿐만 아니라 그 정신세계가 협소해서(이는 봉쇄적인 일본 사회

를 반영한다는 측면도 있어서 그들의 잘못만이라고 탓할 수는 없지만),

단일한 흥미나 관심interest에 안주할 수 있는 단순한 마음을 가지고 있기 때문이다. 그저 교묘하게 묘사해내는 것만이 관심사인 한, 당연히 익히 잘 알고 있는 것이 대상으로 선택되며 픽션(허구) 따위는 필요치 않다. 따라서 그들이 사소설을 버리고 이른바 육체문학을 향해 내달려도 그것을 움직이는 것은 성욕이라는 유일한 흥미나 관심interest에 불과하다. 따라서 근대적 복장을 걸친 원시인의 성욕은 묘사해낼 수 있을지 몰라도 성욕과 동시에 정치, 경제, 권력, 종교 등으로 부정적으로든 긍정적으로든 흥미나 관심interest을 꿈틀거리게 하지 않을 수 없는 근대인의 성욕은 결코 포착할 수 없다.

이상과 같이 언급한 내용을 통해 문학작품의 가치를 윤리성으로 판단할 경우, 대략적인 기준은 다음과 같이 될 것이다.

(1) 해당 작품의 윤리관이 기성 윤리를 따르는지 여부보다는 그것이 얼마나 인습에 대해 비판적인 태도를 보이고 있는가에 주목해야 한다.

(2) 그러나 만약 그럴 경우, 작품의 윤리관을 그 테제에 따라 끄집어내어 검토하기보다는 그 작품이 어

떤 경험을 형성하고 있는지, 그 경험이 과연 새롭고 윤리적인 경험인지를 조사해야 한다. 테제만 보았을 때 새로운 윤리라고 판단되어도 그것이 객관적 세계 속에서 잘 다듬어진 것이 아니라면 주관적 슬로건에 지나지 않기 때문에 문학작품으로서는 가치가 없다.

(3) 해당 작품이 품고 있는 흥미나 관심interest의 숫자를 고려해야 한다. 물론 그 숫자가 많더라도 서로 모순된 채 분열증적으로 나열된 것에 불과하다면 무의미하지만, 만약 그것이 유기적으로 조정되어 있으면서 각각 기능하고 있다면 일반적으로는 그 숫자가 많은 편이 좀 더 뛰어난 문학이라고 간주해도 좋다. 물론 유일한, 혹은 극소수의 흥미나 관심interest만으로 첨예하고 순수한 세계를 만들어내는 작품도 있지만, 그것은 거의 단편에 국한된다.

요약

뛰어난 문학이란 어떤 것인지에 대해 때로는 옆길로 새면서 다양한 측면에 대해 언급했다. 요약하자면 뛰어난 문학이란 우리에게 감동을 주고 감동을 경험한 후에는 우리 스스로를 변혁된 존재로 느낄 수 있게 해주는 문학작품이다. 우리가 감동할 수 있으려면 해당 작품이 우리 입장에서 다시금 경험할 수 있는 대상이어야 한다(명쾌함 필요). 문학작품이 우리의 흥미나 관심interest을 끌어내고 우리를 감동시키려면 작가 자신이 절실한 이해interest를 가지고 창작을 경험해야 하며(성실함 필요), 그 경험은 모방적이고 타성적인 영위가 아니라 고뇌에 찬 진정한 새로운 경험이어야 한다(참신함 필요). 그런 과정을 거쳐 창작된 작품을 경험함으로써 우리는 마음속에서나마 풍요롭고 심오한 인생을 간접적으로 경험하게 된다. 그것은 하나의 모험이라고 말해도 무방하다. 자칫 타성적이고 인습에 얽매이기 쉬운 우리의 마음에 새로운 삶의 방식을 보여주고 경험시킴으로써, 우리의 온갖 흥미나 관심interest의 체계에 거대한 울림을 부여하며 미래의 삶에 대한 우리의 이해interest를 단련시키는 것, 요컨대 우리를 변혁시키는 것, 그것이 바로 '뛰어난 문학'이라고 할 수 있다.

3장
대중문학에 대해

대중문학 연구의 필요성

2장까지 '뛰어난 문학'이 인생에 얼마나 필요한지, 그리고 '뛰어난 문학'이란 과연 어떤 것을 말하는지를 설명해왔다. 지금까지 읽은 독자분들 중에는 다음과 같은 분이 계실지도 모르겠다.

"자네 이야기는 대충 알겠네. 그것은 그렇다고 치지. 하지만 결국 이상론일 뿐이지 않을까? 뛰어난 문학이 아무리 훌륭하고 그것을 읽는 것이 아무리 유익하다 한들, 사람들이 실제로 그것을 읽지 않는다면 무슨 소용이 있겠나. 그런데 현재 일본에서 '뛰어난 문학'이 과연 얼마나 읽히고 있지? 통속적이고 영합적인 문학에 비해 구우일모九牛一毛(아홉 마리 소의 털 가운데 한 가닥의 털, 아주 큰 사물의 극히 작은 부분-역주)에 불과하잖아? 그런 현실을 무시하고 고상한 토의를 해보아야 무의미한 관념론에 불과하지."

광야에서 홀로 외치는 예언자 행세를 할 생각은 없지만, 역시 이상은 이상이므로 현실 앞에서 쉽사리 항복해서는 안 된다고 우선 답변해두어야 마땅하다. 실제로 내가 센다이仙台(도호쿠 지방의 중심도시-역주)에 있는 어느 노동조합에서 독서 상황을 조사해본 바에 의하면(1948년 기준), 남성의 경우 가장 많이 읽은 책은 『스가타 산시로 姿三四郎』였지만 여성의 경우는 바로 『안나 카레니나』였다. 이런 조사 결과를 고려하면 '구우일모'처럼 드물다는 것은 과장에 지나지 않겠지만, 현대 일본에서 저속한 문학이 압도적인 비중을 차지한다는 것은 사실이라고 하지 않을 수 없다. 이른바 순문학 작품이 5천 부를 넘지 못하는 불황 속에서 어떤 대중문학은 60만 부라는 숫자를 보여주고 있다. 누가 보아도 명백한 사실을 나라고 모를 리 없다.

한편 대중문학의 유행이라는 현상은 나중에 언급하는 바와 같이 특수 사정에 의해 일본에서 그 경향이 현저하지만, 동시에 오늘날 세계적으로 발견되는 일반적 현상이기도 하다. 아쉽게도 종래의 미학서나 문학 이론서의 대부분은 이런 사실을 완전히 무시하거나 매도하거나 탄식할 뿐이다. 요컨대 문제를 회피하고 있다고 할 수 있으나, 실은 이 점이야말로 오늘날 매우 "면밀하게 연구해볼 가치가 있는 사항이며", "이런 것들(통속문학)이 광범위하게 대중들에게 어필하는 연유를 설명할 수 없다면 그 어떤 비평이론도 충분하다고 할 수 없다". 그런데 정작 이렇게 적확히 지적한 리처즈 본인조차 이 문제에 관해 충분히 설명하지 못하고 있다. 그만큼 이 문제가 어렵다는 이야기다. 왜냐하면 이른바 고급문학도 그렇지만, 특히 이런 대중문학 문제는 단순히 문학세계 내부로 국한할 경우 온전한 처리가 불가능하며, 좀 더 광범위한 사회 문제와 관련해 고찰해볼 필요가 있기 때문이다. 아울러 질적인 문제는 물론 양적인 문제, 나아가 질적인 문제와 양적인 문제의 복잡한 관계성을 파악하는 것이 매우 중요하기 때문에, 이를 적절하게 취급하기 위해 일단 작품 분석과 함께 폭넓은 사회 조사가 전제되어야 한다. 우리도 궁극적으로 그런 시도에 도전해보고 싶은데, 현재로서는 그런 자료가 그다지 발견되지 않고 있다. 대중문학은 대중에게 어필하고자 일반 대중의 의식을 반영하고 있으므로 특정 시대나 특정 민족의 의식을 측정할 때 중요한 단서를 제공할 수 있다. 사회학자, 역사학자로서도 거론할 가치가 있는 문제지만, 이것 역시 거의 시도되고 있지 않은 것으로 추정되어 해당 방면의 업적을 거의 파악할 수 없다. 해당 자료 혹은 선행 연구가 없다면 의미 있는 토론이 불가능하므로 그것이 축적되기를 기다리는 동안 나는 이른바 하나의 서론으로 여기서 일단 그 고찰을 시도해보고 싶다.

진정한 문학과 통속문학과의 차이

진정한 문학과 통속문학과의 차이는 어디에 있을까? 물론 중간 지점에 위치한 문학도 있겠지만, 양자의 차이점을 생각해보고자 양쪽 끝에 위치한 문학의 특징을 한마디로 표현해보자면, 전자의 경우 인생에서 하나의 새로운 경험을 형성하는 데 반해 후자는 새로운 경험을 형성하지 않는다고 할 수 있다.

앞서 언급한 바와 같이 진정한 문학가는 본인이 내면적으로 절실하다고 생각했던 관심사interest에서 출발해, 그것을 표현해내는 객관화 과정에서 자신 역시 애당초 저항감을 가지고 있던 '객관'의 작용을 거치며 변화하게 된다. '주체'와 '객관' 사이의 상호작용을 반복하면서 문학가는 경험을 형성해가는 것이다. 그 경험이 완료되었을 때 비로소 그의 작품이 완성된다고 여겨진다. 따라서 그의 작품은 어디까지나 그의 경험이며, 타인이라고 할 수 있는 독자를 고려하지 않고 오로지 자신의 고독한 길을 걸어가고 있을 뿐이다. 언뜻 보면 에 고이스트처럼 생각되지만, 그런데도 그런 고독한 싸움을 통해 태어난 작품이 수많은 사람을 기쁘게 하고 움직이게 한다. 요컨대 공유의 것이 된다는 마법을 보여준다. 그 이유는 물론 객관화라는 과정을 거친 탓이겠지만, 동시에 그의 마음속에 사회가 미리 존재하기 때문이다. 다르게 표현해보자면 그의 내면에 수많은 남녀가 이미 살고 있기 때문이다(문학가의 위대함은 그가 그 내면에 얼마나 많은 인간을 살 수 있게 하는지에 의해 결정된다고 할 수 있다. 일본의 순문학자도 고독하고 성실한 자신의 길을 가고는 있다. 하지만 불행하게도 그들의 내면에는 본인 한 사람밖에 없다).

예술적 가치는 사람들이 가치 있다고 말하는 부분들을 종합하는 데 있지 않다. 예술적 가치란 그 의식 안에 이미 사회가 내포된 작가가 자기 자신에게 절실한 관심사interest를 기반으로 객관과 끊임없이 상호작용할 때만 생겨나는 법이다. 이미 가치 있다고 평가받는 무언가를 '거리낌 없이 솔직하게(허심탄회하게)' 베끼는 행위가 아니다. 만약 그렇게 한다면 그것은 가치의 재현이나 모조에 불과할 것이다. 그러므로 예술적 가치란 작가가 혹시 창작에 임하지 않았다면 현실 생활 속에서는 도저히 불가능했을 발견까지 포함한다. 또 경험의 과정 안에서 작가의 관심사interest는 당연히 변혁되어가는데, 경험을 쓴 글을 읽고 함께 경험한 독자 역시 인생에 많은 것들을 발견하면서 동시에 자신도 변혁되어간다는 사실을 느낀다. 나아가 뛰어난 작품은 객관 안에서의 경험에 따라 가치를 생산해가기 마련이므로 항상 현실적 성격이 있음은 물론이다. 요컨대 뛰어난 문학은 **생산적, 변혁적, 현실적**이라고 말할 수 있다.

반면에 이른바 통속소설은 가치에 대해서는 **재생산적**, 정신에 대해서는 **온존적**, 성격은 **관념적**이라고 말할 수 있다(여기에서 말하는 변혁적·온존적이라는 설명은 작가나 독자의 정신에 미치는 작용이 그러하다는 의미이지 정치적 의미는 결코 아니다). 통속문학 작가는 자신만의 길을 걷는 것이 불가능할 뿐만 아니라 애당초 시도조차 하지 않는다. 그에게는 항상 다수의 독자라는 동반자가 있기 때문이다. 절실한 흥미나 관심interest에서 출발한 통속문학 작가가 없지는 않겠지만, 자신의 그것이 동반자의 흥미나 관심interest과 합치하는지를 끊임없이 생각하며 타협하기 때문에, 결국 통속작가의 흥미나 관심interest은 주체성과 강렬함을 잃어버릴 것이다. 오히려 대부분은 동반자가 가지고 있을 법한 흥미나 관심interest을 관념적으로 생각하거나 동반자의 다양한 흥미나 관심interest을 만족시킬 수 있는 상황을 일단 관념적으로 생각한다. 그 상황에 따라 행동할 여러 작중인물을 고안한 후 비로소 모든 것들을 말로 바꾸어간다(그것은 관념을 형상화한 것이기 때문에 객관화, 요컨대 객관에서의 창조가 아니다).

진정한 문학에서 작가는 인물의 내면으로 들어가 행동할 수 있다. 인물이 작가의 관심사interest 그 자체이기 때문에, 가능한 일이다. 하지만 통속문학의 경우 인물은 작가가 독자를 위해 상정한, 따라서 고정된 관심사interest의 인형에 불과하므로 작가는 그 내면으로 들어가 행동할 수 없으며 그저 외부에서 조종할 수밖에 없다. 작가는 자신의 절실한, 그럼에도 미확정적인, 객관과 상호작용해서 변화할 수 있는 관심사interest로 창작하는 것이 아니라 타인의 고정된 관심사interest, 요컨대 관념이라는 것을 형상화해갈 뿐이기 때문에 거기에서 그의 경험이 형성될 리 없다. 따라서 새로운 가치 발견은 불가능하다. 가치는 미리 타인에 의해 발견된 것으로만 존재하며 작가는 그것을 적당하게 안배하는 데 불과하다. 앞선 사람들이 이미 발견해놓은 다양한 아름다움이나 기교를 능수능란하게 이용해 재생산하는 것에 불과하다[1]. 또한 자신의 문제에서 출발하지 않았을 뿐만 아니라 관심사interest의 체계가 애초부터 고정되어 있으므로 당연히 작가의 자기 변혁 따위는 수반되지 않는다. 요컨대 작품을 쓰기 시작했을 때부터 펜을 내려놓았을 때까지, 기교적 진보만 있을 뿐 정신은 원래 그대로 온존되고 있다. 심지어 나중에 다시 언급하겠지만 통속문학 독자는 정신의 긴장을 애당초 원하지 않거나 긴장할 수 없는 상태에 놓인 경우가 많으므로 작가는 이것을 적당히 자극하면서 이끌어가야 한다. 동시에 동반자가 자력으로 처리해야 할 문제를 제시하거나 너무 강한 쇼크를 주는 것도 피해야 한다. 변혁적일 수 없는 것은 당연한 결과다.

이상을 등산에 비유해보면 뛰어난 문학은 기념비적 **첫 등반**이며 통속문학은 **하이킹**이다(일본에만 존재하는 사소설은 자기 집 정원만 바라보고 있는 사람이라고 표현할 수 있을 것이다). 전인미답의 높은 봉우리를 동경하며 등산가는 일정한 루트를 마음속으로 그리며 출발한다. 하지만 사람들

---

1) 통속작가는 항상 과거의 위대한 작가들의 작품을 활용한다. 일본에서도 통속작가는 순문학 작가보다 오히려 서양 대작들에 대해 열심히 공부한다. 물론 과거, 혹은 외국 통속작가의 수법을 차용하는 경우도 많다. 일례를 들면 에도가와 란포江戶川亂步의 『유령의 탑幽靈の塔』은 프랑스 조르주 심농의 《생폴리앵에 지다》에 의거한 바가 적지 않다.

의 발자국이 남겨진 길이 있을 리 없다. 다양한 장애로 인해 그가 미리 상정했던 루트가 어쩔 수 없이 바뀌는 경우도 많다. 그는 자신이 가진 모든 기술을 구사해 계곡 사이를 뛰어넘거나 덤불 사이를 헤치고 나아가거나 암벽을 가까스로 기어 올라간다. 그 과정에서 미처 생각지도 못했던 곳에서 아름다운 꽃밭을 발견하기도 하고 문득 폭포와 마주하기도 한다. 격렬한 폭포를 건너기 힘겹지만 폭포는 역시 아름답다. 그리하여 가까스로 정상에 도달했을 때, 그는 인류의 대표선수로서 인간의 영역을 그만큼 넓힌 것이며 지나쳐 왔던 루트는 모두 하나의 발견이라고 할 수 있다. 무사히 하산해 뒤를 돌아보면 높은 봉우리가 어쩐지 다른 모습으로 보이고 본인 자신도 괴로운 등반 과정을 통해 변혁된 상태다. 이런 경험은 어디까지나 자신이 직접 겪은 경험이기 때문에 위험으로 가득 차 있지만 그만큼 즐겁기 그지없던 모험이었다.

이에 반해 통속문학은 하이킹이다. 통속문학 작가는 철도회사 같은 곳에서 의뢰를 받아 등산가들을 위한 루트를 선정하는 사람이다. 그는 앞서 처음으로 산꼭대기까지 기어 올라갔던 등반가들의 경험으로 만들어진 지도를 살피며 다소의 긴장감은 있지만 절대 조난사고 따위가 일어날 수 없는 안전하고 쾌적한 루트를 지도 위에 그린다. 아름다운 산림, 멋진 폭포, 꽃밭, 눈으로 뒤덮인 비스듬한 계곡은 꼭 필요하다. 암벽에는 쇠사슬을 박아놓고 계곡 사이에는 다리를 세워두며 곳곳에 게시판을 꽂아둔다. 눈만 뜨고 걷는다면 콧노래를 흥얼거리며 올라가도 절대 위험하지 않을 안전한 ××루트, ○○루트다. 철도회사는 홍보에 철저히 임할 것이기 때문에 이런 루트에 사람의 발길이 끊어질 일은 없을 것이다. 그렇지만 수년이 지나 또 다른 산에 좀 더 쾌적한 ✱✱루트가 만들어지게 되면 더는 이곳을 찾을 사람은 없어진다. 애당초 없어서는 안 될 유일한 길이 아니었다는 소리다. 이 루트는 한번 둘러본 순간에는 다양한 경치가 제법 볼만하지만, 몸에 약간 쾌적한 피로가 드는 것 외에 거의 정신적 긴장감을 느낄 일이 없다. 내일이 되면 또 아무 일도 없었던 것처럼 어제와 똑같이 각자의 노동에 임할 수 있다(긴장을 요하는 어려운 등산을 한 후에는 한동안 생업도 손에 잡히지 않는 것과 대조적이다). 즐거운 일이긴 하지만, 결국 몸에 깊이 사무치는 경험은 될 수 없다(하이킹을 몇십 번이나 한 사람이 낮은 산에서 조난하는 경우가 종종 있다).

하지만 등산가가 아무리 하이킹을 경멸하며 욕해도 그것은 절대로 사라지지 않을 것이다. 그가 할 수 있는 일이란 스스로 뛰어난 등반기록을 남기는 것, 그리고 거기로 사람들을 이끌어서 진정한 등산의 기쁨을 온몸으로 느끼게 하는 것이 고작이다. 아울러 뛰어난 등산가 역시 그저 발을 움직이고 싶다는 이유로 한가할 때 하이킹을 하는 경우가 있다(뛰어난 독자 알랭이 통속소설을 종종 읽는 까닭은 하이킹을 하고 싶기 때문이다). 진정한 등산의 기쁨을 알아버린 사람들에게는 자칫 하찮게 여겨질 수도 있겠으나 하이킹은 일반 사람들에게 즐거움과 위안을 주기도 한다. 일본처럼 사방에 하이킹 루트만 있는 경우라면 어떨까. 고통과 기쁨으로 뒤범벅이 된 진정한 경험으로서의 등산을 할 수 없게 되지 않을까. 진정한 등산을 위해서 외국까지 가야 하는(외국 문학을 읽을 수밖에 없는) 상태는 곤란하지 않을까. 예시가 너무 장황해졌지만, 일본에서는 통속문학의 기세가 너무도 압도적이다. 수많은 작가가 통속문학 방면으로 내달리고 있어서 뛰어난 문학, 진정한 문학 창작이 방해를 받을 양상을 보이기 시작하고 있다. 이 지경에 이른 까닭은 무엇일까.

직업작가의 발생과 대중문학의 탄생

아주 먼 옛날 문학가는 왕이나 귀족 휘하에 있었다. 아니면 문학은 고위직에 있던 자들의 고상한 취미에 불과했다. 베르길리우스, 호라티우스, 몽테뉴, 몰리에르, 라신 등 모두 예외가 아니다. 중국에서도 시성 두보杜甫, 백락천白樂天 등은 모두 권력자를 모시던 위치에 있었다. 한퇴지(한유韓愈)는 고액의 윤필료(원고료-역주)를 받았다는 이유로 비난받았던 관리다. 근세 이후 중국에서는 문학에서 탁월한 재능을 보이는 것이 관료로 발탁되는 하나의 자격 조건이 되었다. 그 점이 문학의 진정한 명줄을 끊어버렸음은 물론이다. 유럽에서는 18세기가 되어도 작가의 자립이 여전히 곤란하기 그지없었다. 볼테르, 보마르셰 등은 투기에 손댈 수밖에 없었다. 최고의 주가를 자랑하던 루소마저 작품 『에밀』이 1762년부터 1800년까지 72번이나 판쇄를 거듭했음에도 불구하고 만년에 이르러 악보 필사로 가까스로 생계를 이어갔을 정도다.

프랑스의 작가 피에르 베누아는 오로지 펜에 의지하며 생계를 이어갈 수 있는 **직업작가 탄생을 위한 필요조건**으로 다음과 같은 다섯 가지를 들었다.

(1) 인쇄술의 진보

(2) 저널리즘의 발달

(3) 소설의 유행

(4) 의무교육의 보급

(5) 민중의 여가 확보

   근대에 접어들면서 조금씩 진전되기 시작한 이상과 같은 필요조건이 사회 전반에 보급된 것은 19세기 이후였다. 때문에, 직업작가의 탄생은 지금부터 불과 백 수십 년 전의 일에 지나지 않는다. 일본에서는 이런 다섯 가지 조건이 충족되지 않았던 상태에도 바킨馬琴 같은 문학가가 배출되긴 했지만, 이는 당시 세계 최대 도회지였던 에도라는 도시 생활의 산물이었다.

   직업작가의 발생 조건은 동시에 통속문학을 발생시킬 수 있는 전제조건이기도 했다. 근대 이전까지 문학가는 권력자 휘하에 있다는 사실에 딱히 고통을 느끼지 않았다. 생각건대 그 시대에는 인간의 가능성이 제한되고 있었고 세계관은 공식적으로 유일한 것만이 존재해서(중세 유럽의 기독교, 중국의 유교 등), 문학가의 흥미나 관심interest이 발동할 수 있는 범위는 인생의 장식으로서 미적 세계에 한정되어 있었다. 강렬한 자아의 주장이 없었던 반면, 문학에 몽매한 대중에 대한 영합도 있을 수 없었다. 미적 취미에 관한 한, 권력자도 일단은 우호적인 이해자, 보호자를 자임했기 때문이다(위魏 나라의 무제 武帝나 문제文帝처럼 본인이 문학가일 경우 오히려 문학가들에게 가혹했다는 사실은 매우 흥미롭다). 근대에 접어들자 인간의 가능성은 증대되었고 각각 분화된 관심사interest의 강도와 폭이 커지면서 문학가에게 기식寄食은 '멍에'로 느껴지게 되었다. 결국 그들은 생활의 독립과 자영을 먼저 추구하게 되었고, 앞서 나왔던 다섯 가지 조건이 충족됨으로써 19세기에 이르러 비로소 자신들이 얻고자 했던 것을 얻을 수 있게 되었다.

작가가 오로지 펜으로만 생계를 꾸려나간다는 것은 본인이 창작한 문학작품을 상품으로 취급하며 남에게 파는 행위를 의미한다. 상품에는 소비자가 존재하기 때문에 그들의 욕구가 직접적으로든 간접적으로든 생산자를 움직일 수밖에 없다. 문학가는 자유와 그 자유를 제한당할 수 있는 위험성을 한꺼번에 얻게 된 셈이다. 물론 예술가는 공장노동자가 아니다. 원고료를 받지 않더라도 활자화를 원하는 사람이 많은 것만 보아도 알 수 있듯이, 스스로 좋아서 일을 하는 기능인artisan적인 성격을 반드시 지니고 있다(따라서 예술가 노동조합을 만드는 것이 바람직하다고 해도, 최저 원고료의 결정은 좀처럼 실행에 옮기기 어렵다). 그렇지만 기능인artisan이라 해도 작품이 팔리지 않으면 생활하기 곤란할 것이다. 사는 측에 대해 고려할 수밖에 없는데 명인이라는 반열에 일단 올라버리면 해당 작품은 어쨌든 반드시 팔리게 되어 있다. 이쯤 되면 중간상인도 시시콜콜 주문을 달기보다는 명인인 기능인artisan이 자유롭게 제작하도록 하는 편이 나은 상황이 된다.

문학가가 자유를 쟁취하기 위해서는 내로라하는 명인의 반열에 오르든가(발자크, 모파상, 시가志賀, 다니자키谷崎 등), 문학 창작을 경제생활 측면에서 부업이나 취미로 삼든가(스탕달은 관직에 올랐고, 톨스토이나 지드는 대부호였다), 결국 둘 중 하나일 것이다. 그런데 명인의 반열에 올랐는지는 저널리즘이 결정하기 마련이라, 작품의 예술적 가치가 결정적인 판정 요소라고 할 수는 없다. 제라르 드 네르발이나 쥘 라포르그, 이시카와 다쿠보쿠石川啄木처럼 극빈 상태에서 세상을 떠난 고고한 문학가가 나오는(그런 사람들 대부분이 시인 혹은 시와 관련된 작가라는 사실에

는 주목할 필요가 있다) 이유다. 아울러 이 양자의 중간 지점에 있는 문학가가 통속문학을 생산하는 예비군이 된다. 프랑스의 경우 문학의 상품화가 가능해진 19세기에 이르자, 특히 7월 혁명(1830) 이후 가난한 청년들이 문학에 접근하게 되었다. 그 이전까지 문학가는 귀족 계급이나 부르주아 계급 출신에 한정되어 있었다. 그들은 청운의 꿈을 품고 파리로 진출했으나 좀처럼 성공할 수 없었기에, "진정한 지적 프롤레타리아"로 태어나 최초의 통속 작가가 되었다. (마르티노Pierre Martino, 『제2제정 하의 리얼리스트 소설第二帝政下のレアリスト小説』)

소비자 측면에서 생각해보자. 근대에 들어와 생활수준의 향상과 문자 해독 인구의 증가에 따라 독자층은 점차 확대되었다. 이에 부응하는 형태로 문학작품의 문체가 점차 평탄해지고 분명해졌다는 점은 페르디낭 브뤼느티에르Ferdinand Brunetière가 이미 지적한 바 있다. 민중을 완전히 무시하는 것처럼 보였던 문학가라도 예외는 없었다. 프랑스의 경우 의무교육이 시행되면서 (1833년) 문맹률이 낮아졌다. 이와 함께 인쇄기술의 진보와 독자 수의 증가는 인쇄물 가격을 낮췄으며 결과적으로 민중도 손쉽게 이것을 입수할 수 있게 되면서(루소의

『에밀』은 20프랑이나 되서 민중 입장에서 도저히 입수가 가능한 물건이 아니었다. 1840년대가 되자 통속소설은 한 권에 1프랑이 되었다), 다수의 새로운 독자층이 생겨났다. 하지만 그들에게는 고전적 교양이 부족했다. 특히 주목해야 할 점은 가혹한 조건 아래서 일하던 노동자들이었기 때문에 항상 피로한 상태였고, 이에 따라 지나치게 긴장을 요하는 치밀한 문학은 좀처럼 받아들여지기도 어려웠다. 신흥 저널리즘은 당연히 이 점에 주목했으며 이로 인해 통속문학이 태어나게 되었다. 1830년 파리의 신문《라 프레스La Presse》가 정가를 대폭 인하하는 동시에 신문소설 연재를 통해 다수의 독자층을 확보하고자 했던 것이 그 시작이었다.

프랑스 대중문학

프랑스에서 통속소설이 융성의 극치에 도달한 시기는 1840년에 이르러서였다. 문단의 고급문학이 일시적으로 쇠약해진 절호의 기회가 찾아왔다. 이 시기에 나온 사람이 대大 뒤마, 즉 알렉상드르 뒤마(『삼총사』『몽테크리스토 백작』등 257권의 작품들로 유사 이래 최고의 문학 생애를 보낸 인물이다. 앞서 나왔던 제라르 드 네르발이 그의 대필을 했다는 사실은 상징적이다)와 외젠 쉬(『파리의 신비[비밀]』), 앙리 뮈르제(『라보엠』), 샹플뢰리(『몰랭샤르 사람들』), 델보(『파리의 이면』『2월혁명사』)도 나온다. 대 뒤마(알렉상드르 뒤마)의 작품은 오늘날에도 여전히 전 세계 독자들에게 약속 시간을 종종 망각하게 만들고 있는데, 다른 작가 작품들도 당시에는 큰 환영을 받았던 것들이다.

프랑스에서 통속문학이 발생했던 시기에 주목할 점은 다음과 같다.

첫째, 특별한 출생 배경을 가진 외젠 쉬 이외에 다른 작가 대부분은 가난한 계급 출신자였다(외젠 쉬는 조제핀 황후가 나폴레옹과 결혼하기 전에 낳았던 전 남편의 아들로 나폴레옹의 양자임-역주). 예를 들어 뮈르제는 문지기, 샹플뢰리는 소도시의 시청 서기, 델보는 가죽 장인이었으며 그 외에 산지기, 소상공인, 농민도 있었다.

둘째, 따라서 회고적이고 로맨틱했던 뒤마를 제외한 작가 대부분은 모두 정치적으로는 리버럴한 입장이었으며 항상 반정부적이었다(화가 귀스타프 쿠르베Gustave Courbet나 젊은 시절의 보들레르는 이 그룹에 속했다). 그들은 민중의 세계관과 관련해 정치적 해방의 욕망을 표현했기 때문에 성공할 수 있었다.

셋째, 작가들의 창작 기법은 리얼리즘에 입각했다. 마르티노는 프랑스의 리얼리즘을 처음으로 개척한 개조로 뮈르제를 꼽았다. 플로베르, 졸라 이하 빛나는 19세기 후반의 프랑스 문학은 뮈르제의 뒤를 이어 성공한 리얼리즘 문학이다.

넷째, 정부가 이런 통속소설을 탄압하려고 했다는 점이 주목된다. 예를 들어 1850년 7월 16일의 해당 법률은 문예 전문지 이외의 일반 신문에 소설을 연재할 때, 신문 한 면당 1상팀centime(프랑스의 화폐 단위-역주)의 세금을 부과했다. 당국은 이런 조치가 금지세禁止稅적인 성격을 갖고 있음을 자인하며 문학의 좋은 전통을 파괴하는 인더스트리Industry(이런 단어가 사용되었다는 사실은 매우 상징적이다)를 압박하기 위해서라고 의회에서 해명하고 있다. 각 현의 지사들에게 그 탄압을 명령하기도 한다. 이런 사실은 새롭게 발흥하기 시작한 민중적 통속문학이 당시의 반동 정부에 얼마나 위기감을 주었는지 여실히 드러내고 있다. 외젠 쉬는 필화로 인해 결국 국외 망명 후 귀국하지 못한 채 사망했다. 샹플뢰리는 딱히 정치적인 내용을 쓰지 않았음에도 불구하고 훗날 소설 집필을 그만둔 이유에 대해 제국 경찰 때문이라고 고백한 바 있다.

그 후 프랑스 통속소설은 어떤 전개를 맞이하였을까. 일반적으로 프랑스 문학사 연구자들은 대중예술에 극히 무관심했기 때문에 유감스럽게도 자세히 사정을 써두지는 않았다. 하지만 졸라가 자각적으로 문학의 대중화를 실천했던 것을 제외하면, 전반적으로 통속문학은 더 이상의 융성기를 맞이할 수 없었다. 현재 프랑스 신문은 연재소설을 게재하지 않고 있다. 역에 조성된 작은 매점 같은 곳에 그림이 그려진 표지의 통속소설을 구비해두었지만 제법 이름 있는 작가인 모리스 데코브라와 조르주 심농도 그 인기가 압도적이라고 할 수는 없어서, 앙드레 모루아, 조르주 뒤아멜 이상의 수입을 올린다고는 생각되지 않는다. 그 이유를 생각해보면 다음과 같다.

첫째, 프랑스에서는 통속문학이 나올 때까지 17세기 이후 오랜 문학적 전통과 역사가 있었고 그것이 학교교육의 바탕을 이루고 있었기 때문에 민중의 문학 취미가 현저히 저하되지는 않았다.

둘째, 1840년대 융성했던 통속문학이 확대되어 졸라

이후 민중문학으로 이어졌다. 그 계보는 오늘날에도 포퓰리스트 문학(외젠 다비, 트리스탄 레미, 앙리 폴라이유 등)에 남아 있다.

셋째, 대중들도 문자 해독력이 있으므로 대중을 위해 쉬운 언어로 쓴 작품을 딱히 필요로 하지 않는다.

넷째, 프랑스 출판 자본은 대자본일 뿐만 아니라 문학에서도 질적으로 월등한 작품은 세계적 판로를 가지고 있어서(직접 판매만이 아니라 고액 번역료로서도 그러하다), 저속한 상품으로 돈벌이를 하려고 하지 않는다(이 사실은 출판 자본 말단에 해당하는 소매 서점에 가보면 금방 이해할 수 있다. 프랑스의 경우 서점 규모는 작은 편이며, 최신 신간보다는 고전 명저 쪽이 좀 더 많은 느낌을 받는다. 골동품 가게처럼 차분한 느낌이 들지만, 그 대신 활기가 없는 인상을 준다. 서점 주인은 대체로 책을 좋아하는 사람이며 손님 취향을 물은 뒤 자신이 좋아하는 책들을 권하기도 한다. 일본의 소매 서점은 채소가게 입구처럼 활기가 넘쳐 그야말로 신선한 소비재를 판매하고 있다는 느낌이 강하다. 주인은 어느 책이 잘 팔리고 있는지에 관한 정보만 제공한다).

다섯째, 기본적으로 오늘날 프랑스 대중은 일본 대중만큼 책을 좋아하지는 않는다.

출판 자본이 고전적이고 보수적인 프랑스의 경우 일

본과 사정이 매우 다르다는 사실을 알 수 있다. 베스트
셀러의 나라인 미국은 과연 어떨까. 상세한 사정을 알
수 없기에 미국 출판 시장에 대한 상세한 보고를 누군
가 해주길 기대한다. 쓰루미 슌스케鶴見俊輔 씨에 의하
면 미국의 경우 통속문학은 잡지에 실리고 작가는 막대
한 수입을 얻지만 결국 유력한 저널리즘 아래에 존재하
는 종업원일 뿐이라고 한다. 작가 개인이 독자를 사로
잡고 있는 것은 아니기 때문에 일본처럼 특정 작가의
단행본이 압도적 판매 부수를 올리는 경우는 드물다는
것이다. 그토록 부유한 나라임에도 불구하고 출판사 숫
자가 고작 2천 곳 이하(일본은 3천 여 곳)인 것만 보아도 짐
작할 수 있는 것처럼 출판 자본이 거대하므로 결국 일
본과의 비교는 쉽지 않다(미국 신문은 소설을 연재하지 않는다.
신문 연재소설로 독자를 끌어모으려는 고리타분한 방식을 취하고 있는
것은 일본뿐일 것이다).

일본 대중문학의 발생

　일본에서 대중문학은 어떤 상태일까? 결국 후진 자본
주의국가의 출판 사정이라는 표현으로 설명이 될지도

모르겠으나 간략하게나마 그 역사를 살펴보자. 일본의 대중문학이 발생한 시기는 과연 언제쯤부터였을까? 대중문학 연구가인 나카타니 히로시中谷博 씨는 그 발생 시기를 1921년(다이쇼大正 10년)부터로 파악하고 있다. 대중문학 방면에서 굴지의 거두 나카자토 가이잔中里介山의 『대보살 고개大菩薩峠』가 축쇄판으로 간행되면서(이 작품의 집필 개시는 1913년, 다이쇼 2년) 천하의 이목을 집중시켰던 해를 꼽고 있다. 대략 살펴보았을 때 제1차 세계대전이 종료(1918년, 다이쇼 7년, 이 해부터 시라이 교지白井喬二가 집필 개시)된 이후로 다이쇼시대 말기에 해당한다고 할 수 있다. 물론 이보다 훨씬 이전부터 소설을 신문에 연재하는 방식은 이미 시작되고 있었다. 도쿠토미 로카德冨蘆花의 『불여귀不如帰』(1898·고쿠민国民), 기쿠치 유호菊池幽芳의 『나의 죄己が罪』(1900, 오사카마이니치大阪毎日), 고스기 덴가이小杉天外의 『마풍연풍魔風恋風』(1903, 요미우리読売) 등은 당시 큰 인기를 끈 작품들이었다. 이런 작품들은 문단 소설에 굳이 대항하려는 의식을 보이지 않았기 때문에 일반적인 문학으로 취급하는 게 타당할지도 모른다. 아울러 메이지시대에도 당연히 직업작가는 존재했으나, 의식적으로나 경제적 조건으로나 여전히 도쿠가와(에도)시대의 바킨 같은 작가에 좀 더 가까웠던 단계에 그치고 있다. 따라서 문학이 진정한 의미에서 상품화되고 저널리즘과 철저히 연계되는 시기는 결국 제1차 세계대전 이후라고 판단해도 무방하다.

일본은 제1차 세계대전 참전국에 속하긴 했으나 전쟁에 전면 참가한 입장은 아니었기 때문에 공업이 발전하면서 큰 호황기를 맞이했고 민중의 생활수준도 상당히 높아졌다(이런 사실은 맥주나 화장품 판매가 증가했다는 사실을 통해서도 알 수 있다). 이로 인해 새로운 독자층이 다수 생겨났으나, 일본에서는 메이지시대 이후 보통교육이 보급되면서 문맹자가 거의 없어졌음에도 불구하고 여전히 문학적 교양이 부족한 상태였다. 고차원적 인텔리문학이 존재했으나 민중의 심정에 직접 호소할 수 있는 뛰어난 민중문학은 좀처럼 찾아볼 수 없었기 때문이다. 따라서 제1차 세계대전 이후 출판 자본은 문학의 통속화를 꾀함으로써 이런 새 독자층을 적극적으로 확보하려고 했고 이로 인해 급속히, 더 노골적으로 상업주의에 치중하게 되었다. 일본 문학 역사상 커다란 전기가 되어준 상징적 사건은 1923년(다이쇼 12년)에 단행된 기쿠치 간菊池寬에 의한《분게이슌주文藝春秋》의 창간이었

다. 심지어 1923년은 간토(관동)대지진이 일어난 해였다. 문학계에서 돌아보면 귀족주의와 고전주의의 위대한 대표자이자 일간신문에 『시부에 추사이渋江抽斎』같은 난해한 작품을 게재시킬 수 있을 정도의 위엄을 갖추고 있던 모리 오가이森鷗外가 세상을 떠난 다음 해이기도 했다. 이런 여러 사실이 가리키는 바도 의미심장하다고 생각된다. 모리 오가이의 숭배자인 사토 하루오佐藤春夫는 문인 취향의 입장에서 '기쿠치 간의 예술을 인정할 수 없다'라고 공격했으나 이미 소용없는 일이었다. 결국 사토 하루오는 잡지 창간 15주년 기념호에 『분게이슌주샤 동인을 대신해 뜻을 표현한 부文芸春秋社同人に代りて志を述ぶるの賦』를 바치며, "쇼와유신昭和維新(1930년대에 발생한 국가혁신의 표어-역주)에 마땅히 헌신해야 하며 기구치菊池가 맡은 임무에 대해 우리는 익히 알고 있다"라고 읊을 수밖에 없었다. 이런 사실은 일단 기지개를 켜고 일어선 일본의 상업주의적 저널리즘의 기세가 얼마나 강력했는지를 여실히 상징하고 있다. 문학의 상품화는 세계적 경향이기도 했다.

《분게이슌주》는 창간 후 즉시 대중문학을 게재하지는 않았다. 하지만 문학의 통속화라는 점에서 이와 방향을 함께하며 이미 대중 작가로 변신해 있던 기쿠치 간(『진주부인真珠夫人』1920년, 『두 번째 입맞춤第二の接吻』1925년 등)은 애초부터 지바 가메오千葉亀雄 등과 함께 이 신흥 문학에 공감과 지지를 보냈다. 이리하여 '읽을거리 문예(요미모노문예)読物文芸'라고 일컬어지고 있던 것이 이윽고 '대중문예大衆文芸'라는 이름을 얻는 동시에 동일한 명칭의 잡지가 나오게 되었으며(1926), 나아가《킹KING》(1924)을 비롯해《아사히朝日》,《히노데日の出》등 오락잡지와 여성잡지 방면으로 진출해 견실한 기반을 다지게 되었다. 주지하는 바와 같이 이런 흐름은 태평양전쟁 중에도 쇠퇴하지 않은 채 오늘날까지 융성의 길을 걸어 왔다.

호조를 보이며 데뷔한 대중문학이 사회에서 전폭적 지지를 받았던 이유는 무엇일까. 1840년대 프랑스와 마찬가지로 대중문학이 발생할 당시 일본 문단 문학은 이미 쇠퇴의 길로 접어들고 있었다. 물론 시대적으로 차이가 있으므로 다른 점도 많았지만, 일본 역시 1921 년(다이쇼 10년) 시가 나오야가 『암야행로暗夜行路』(전편)을 발표한 이후 거의 이렇다 할 걸작이 없던 상태였다. 당 시에는 '심경소설'로 불렸던 '사소설'의 협소하고 특수한 경험은 건강한 사회인의 흥미나 관심interest을 끌어내지 못하지만, 대중문학에는 어느 정도의 사회성이 존재했기에 독자의 다양한 흥미나 관심interest을 환기할 수 있었다. 아울러 세계대전 중 보였던 경제적 호황은 1920년(다이쇼 9년)경부터 불황으로 바뀌었으며, 1925년(다이쇼 14년)에는 치안유지법이 발포되기에 이른다. 시대를 역행하는 반동기가 도래하자 폐쇄적 분위기 속에 갑갑해하던 민중은 대중문학에서 그 분출구를 찾았다. 『대보살 고개』에 나오는 쓰쿠에 류노스케机竜之助 이하의 주인공이 닥치는 대로 사람을 베는 잔인함에서 민중이 일종의 쾌감을 느꼈던 것은 사실이다. 하지만 초기의 대중문학을 프롤레타리아 문학의 쌍둥이로 간주하며 과거 역사를 통해 현대를 통렬히 풍자할 의도를 가졌다며 지나치게 높게 평가한 나카타니 히로시 씨의 지적에는 좀처럼 찬성하기 어렵다. 1926년(다이쇼 15년) 8월에 발행된《주오코론中央公論》에서 하세가와 뇨제칸長谷川如是閑이 대중문학의 성격을 "봉건적 로맨티시즘"이라고 규정하며 대중문학이 발생할 수 있었던 두 가지 이유로, "심각한 이유"는 "사회적 자포자기"이며, "얄팍한 이유"는 "자본주의적 상업주의"라고 단언했던 것이 오히려 정확한 판단이었다고 생각된다. 애당초 어떤 이유로 시작되었든 그 이후의 엄청난 영역 확장에 관해서는 얄팍한 이유야말로 오히려 심각한 이유라고 불러야 마땅하다.

다이쇼시대 말기 경제계 전반에 나타난 불황은 가격 면에서 세계에서 가장 탁월한 염가본 제작을 통해 극복되었다. 일본 출판 자본의 천재가 제작한 엔본円本(1926년부터 각 출판사에서 속속 간행된 한 권 1엔의 전집류의 총칭-역주)과 문고본文庫本(1927년 창간된 이와나미문고가 최초-역주)으로 인해, 출판 부문에서는 오히려 다른 분야와 달리 더더욱 융성해질 수 있도록 판도를 뒤바꿀 수 있었다. 출판 부문의 성공 덕분에 제지·인쇄·제본 등 각종 설비가 급속히 확대되었는데[2], 각 출판사의 엔본 전집 출판이 일단락되었을 때 모처럼 갖추어진 설비들의 가동률이 현저히 떨어질 우려가 있었다. 이에 따라 엔본의 뒤를 이어 출판 관련 각종 설비에 투여할 재료로 등장한 것이 통

2) "1920년(다이쇼 9년) 봄에 나타난 재계의 변동 이후 전반적으로 불경기가 심각해지고 있었는데……서양식 종이의 수요는 매년 예외 없이 증가를 거듭해서……과거 10년 동안의 ……평균 증가율은……대략 10퍼센트다."(《다이아몬드ダイヤモンド》 1930년(쇼와 5년), 7월 15일 호)
두루마리 종이를 사용하는 마리노니Marinoni 인쇄기(이른바 중간단계 윤전기) 사용 시작은 1923년(다이쇼 12년)~1924년(다이쇼 13년)이었으며 그 후 정식윤전기가 사용되게 되었다.

속잡지, 부인잡지였다. 하지만 더 많은 페이지 분량 확보에 치열히 경쟁하던 잡지 지면을 메우기 위해(1934년 [쇼와昭和 9년] 신년호가 나온 《주부지우[주부의 벗]主婦之友》의 쪽수는 무려 766쪽), 글을 쓰는 속도가 느리고 비생산적인 순문학자들로는 도저히 대응할 수 없었으며 매력도 없었다. 이런 이유로 대중적인 문학가에 대한 수요가 대폭 증가하게 되었다. 이런 요구에 응한 전형적인 스타로 하야시 후보林不忘=다니 조지谷讓次=마키 이쓰마牧逸馬가 있었다. 1인 3역의 과중한 노동은 그에게 막대한 수입과 급사를 선사했다. 잡지 출판이 얼마나 대규모로 이루어졌는지는 《주부지우(주부의 벗)》의 최고 발행 부수 158만 부, 《킹KING》의 발행 부수 125만 부라는 정량적 수치를 통해서도 분명해 보인다. 독자층이 아무리 확대되었다고는 해도 이 부수는 수요를 훨씬 상회하고 있었다. 각 출판사는 그야말로 먹느냐 먹히느냐의 치킨 게임을 벌이며 영업에 광분했다. 그 결과 나타난 현상이 부록 전쟁이었다. 결국 각 잡지사는 협정을 맺고 잡지와 부록(종종 십수 권에 달했다)을 합쳐 중량 1킬로그램을 넘기지 않기로 합의했다. 하지만 어떤 호의 《주부지우(주부의 벗)》는 완성 후 무게를 달자 1킬로그램을 넘어버려서 발매 직전 각 권의 테두리 여백을 조금씩 잘라내 가까스로 1킬로그램 이내로 맞춘 경우도 있었다. 자칫 우스갯소리로 들리지만 다른 나라 출판계에서는 전혀 찾아볼수 없는 현상이다. 일본의 대중문학이 이런 기반을 바탕으로 하고 있다는 사실은 그 성격에 대한 올바른 이해를 위해 결코 망각해서는 안 될 것이다. 또한 이 모든 것이 가능했던 이유는 1931년 가을부터 캐나다 회사에서 제지 펄프 덤핑이 맹렬한 속도로 이루어져 용지 가격이 쌌다(펄프 1파운드가 13전일 때 종이가 7전일 때도 있었다)는 사정도 있었다.

대중문학이 유행한 까닭

이상 언급한 바와 같이 대중문학 유행은 민중 내면 욕구만이 아니라 출판이나 인쇄 자본의 상업주의에 따라 강력히 추진된 측면이 강했다. 요시카와 에이지吉川英治, 마키 이쓰마, 요시야 노부코吉屋信子, 나오키 산주고直木三十五 등의 재능이 대중문학을 탄생시킨 것이 아니라, 문학의 대량 생산을 가능케 하는 생산 설비가 오히려 이런 작가들을 배출했다고 할 수 있었다(나카자토 가이잔은 그 이전부터 묵묵히 자신만의 길을 걷고 있던 고독한 작가였다). 일본에서 대중문학이 신흥문학임에도 불구하고 압도적 세력을 형성하게 된 여러 이유에 대해 생각해보면 다음과 같다.

첫째, 앞서 언급한 문학적 이유, 즉 후진 자본주의국가의 노골적 상업주의 때문이다.

둘째, 일본의 경우 근대문학의 역사와 전통이 약했고 저항력이 없었다. 후타바테이 시메이二葉亭四迷 같은 일부 예외적 작가를 제외하면, 일본의 근대문학은 모두 20세기에 접어든 이후의 것들이다. 일본의 근대문학이 충분한 기반을 다지기 전, 요컨대 사회 전반에 침투해 민중의 마음을 사로잡기 전, 근대문학과 거의 연속적으로 대중문학이 강렬히 등장해 그 자리를 빼앗아갔다. 일본의 근대문학은 자국의 문학적 발전을 기반으로 자연스럽게 태어난 게 아니라 문화적 혁명에 따라 서양문학을 모델로 탄생한 것이었다. 심지어 메이지, 다이쇼시대의 일본 사회는 여전히 반봉건적이었으며 대중의식이나 감각에는 봉건적인 요소가 다분히 남아 있었다. 따라서 일본의 근대문학은 근대문학의 기본적 성격인 민중성을 좀처럼 확립할 수 없었으며 편협한 인텔리

수준에 머물 수밖에 없었다. 모리 오가이나 나쓰메 소세키 같은 작가의 작품들은 수준 높고 뛰어난 문학이긴 했으나, 진정으로 민중적 국민문학이라고 부를 수 있을 정도는 아니었다(소세키는 전후가 되자 비로소 국민문학으로 지위를 얻었다고 생각된다). 메이지 이후에 서양을 기원으로 새롭게 태어난 문학은 지극히 일본적인 생활을 여전히 지속하고 있던 일본 대중의 마음을 뒤흔들지 못했다. 오히려 무의식적인 반발을 느끼게 했을지도 모른다. 그들은 결코 문학적으로 불감증일 리 없었으나 여전히 채워지지 않는 어떤 결핍을 느끼고 있었다. 조금이라도 대중문학의 유혹을 받게 되자, 그토록 쉽게 사로잡혀 도저히 결별할 수 없게 된 이유 중 하나가 여기에 있다고 생각한다.

셋째, 순문학의 쇠퇴와 타락을 들 수 있다. 탄압을 당하던 프롤레타리아 문학은 걸작을 거의 내놓을 수 없었으며 문단 문학은 협소한 세계에 틀어박혀 당면 문제를 외면한 채 민중의 신뢰를 잃고 있었다. 전후 엔본이 유행하고 문학잡지가 주목을 받게 되자 순문학 작가의 생활수준도 향상하는 결과를 낳았다. 잡지는 그들에게 주로 단편 작품을 요구했고 그들도 그에 응하는 한 어느 정도의 생활은 보장되었다. 순문학 작가는 이런 소소한 성공에 안주하며 대작에 대한 의욕을 잃어버리고 말았다. 일찍이 시마자키 도손島崎藤村이나 다야마 가타이田山花袋, 나쓰메 소세키 시대 작가들이 어려운 환경 속에서 이루어냈던 만큼의 정진도 할 수 없었다. 유럽의 이른바 대중문학적 요소를 갖춘 발자크, 위고, 톨스토이, 도스토옙스키, 졸라 등의 작품을 보면 묘사되는 세계가 광대하고 사건은 복잡하며 모험으로 가득 차 있다. 하지만 일본의 문단에는 밀려드는 대중문학의 기세를 막아줄 만큼 폭넓은 작가가 거의 없었다. 만약 소세키, 다니자키 준이치로谷崎潤一郎 급의 중량감을 가진 작가가 민중의 입장에 서서 활약했다면 다소 방어전이 가능했을지도 모른다.

넷째, 이에 반해 대중문학 측에서는 나카자토 가이잔의 『대보살 고개』, 나오키 산주고의 『남국 태평기南国太平記』, 기쿠치 간의 『진주부인』, 요시카와 에이지의 『미야모토 무사시宮本武蔵』 등의 명작이 나왔다. 일례로 『대보살 고개』 최초 23권은 예술적 레벨에서 당시의 문단 작가보다 한 수 위였다. 그럼에도 당시 문단 작가들은 작은 제재를 극명하게 묘사해내는 것이야말로 예술이라며 애써 자신을 위로하고 있었다. 거대한 몸집을 가진 것은 통속문학일 뿐이라며 경멸했다. 구메 마사오久米正雄 같은 작가는『카라마조프의 형제들』조차 통속문학이라고 규정했는데 본인 스스로 결국 통속작가가 되어버렸다는 사실은 그야말로 의미심장하다고 할 수 있다.

다섯째, 대중문학에는 "인생을 어떻게 살아야 할까"라는 물음에 답변하는 측면이 있었다. 민중은 문학을 결코 고답적으로 받아들이지 않고 생활과 항상 연결해 생각하기 마련이었다. 무의식적으로이긴 하지만, 어떤 형태로든 "인생을 어떻게 살아야 할까"에 관한 답변을 갈구하고 있었다. 문단 문학은 이를 완벽히 외면했으나 대중문학은 기성 논리를 그대로 따르는 형태일지언정 어느 정도 이에 답하고자 노력했다. 이것이 보수 성향이 강한 일본의 민중을 기쁘게 했다. 예술소설 따위 읽어본 적이 없던 정치가나 고위 군인이나 중역, 교육자들에 이르기까지, 사회의 각계각층에서 요시카와 에이지가 그토록 환영받았던 이유는 인생을 어떻게 살아야 할지가 제시되어 있었기 때문이다. 이는 다케다 기요코武田清子 씨의 탁월한 지적대로, 천황 중심적 군국주의와 그 하위에 존재하는 서민의 현실 긍정적 삶의 방식이라는 이중구조였다고 할 수 있다. 그것이 일본인의 취향을 얼마나 제대로 저격했는지는 굳이 설명이 필요치 않을 정도다.

여섯째, 대중문학의 봉건적 이데올로기가 민중에게 어필할 수 있던 점도 중요하다. 대중문학은 우선 "사극(시대극)"으로 데뷔했다. 이는 '고단[강담]필기講談筆記(라쿠고落語처럼 가락을 붙여 만담 형식 이야기를 하는 일본의 전통 예능 고단[강담]講談의 내용을 적어놓은 글-역주)'라는 당면한 적의 남은 세력을 구축하기 위한 수단이기도 했으나, 오히려 그 유산을 솜씨 좋게 계승하면서 현대의 괴로운 현실을 직시할 용기를 버리고 살벌한 막부 말기 시대로 도피해 봉건적이면서도 비인도적인 세계에서 회고적 로맨티시즘을 전개하려고 한 시도였다. 이미 치안유지법이 시행되고 있었으며 군국주의적 반동기 속에서 생활 개선의 희망을 잃은 민중은 봉건 도덕의 미화를 통해 위로받고자 했던 것으로 보인다(인텔리들이 관념적 철학에서 위안을 발견하려 했던 것과 그 사정이 비슷하다). 인간이란 진보나 개혁에 전망이 보이지 않을 때, 자신의 비참함을 뼈저리게 느낄 수밖에 없는 상황에 염증을 느낀 나머지, 오히려 현실에서 도피하고자 화려하고 몽상적 세계를 반기기 마련이다. 똑같은 통속문학이지만 1898년(메이지 31년)에 나왔던 『불여귀不如帰』만 해도 가족주의에 대한 비판이 담겨 있었다. 하지만 다이쇼 말기의 대중문학은 더 이상 이런 비판 정신을 내포하지 않게 되었다. 이런 사실은 일본 사회의 20년간 전개 과정을 뼈아프게 분명히 보여주고 있다. 오늘날에는 과연 어떤 상황이라고 할 수 있을까.

일곱째, 대중문학의 이데올로기가 당국자 마음에 들었다는 점도 중요하다. 메이지시대 관료나 군인들은 유교 윤리를 통치의 근거로 삼았고 오로지 고전적 교양만 중시했다. 하지만 다이쇼 말기에서 쇼와시대까지 그 모두를 상실했을 뿐만 아니라 심지어 근대문학에 관한 무지로 인해 이를 경시했다. 사회적으로 유력하지만 문학적으로는 저급한 이 시대의 독자들에게, 대중문학은 그야말로 안성맞춤의 읽을거리로 환영받았다. 특히 대중문학 이데올로기가 봉건적 기성 윤리였다는 사실은 유력자들의 호의와 보호를 끌어낼 수 있게 해주었다. 바야흐로 대중문학 작가는 당국 권력자가 자신을 마음대로 부리는 것에 기꺼이 안주하는 것을 명예롭게 여기게 된다. 만약 일본 대중문학이 1840년대 프랑스 대중문학처럼 민주주의적이었다면, 일본 당국자들은 과연 어떤 탄압을 가했을까? 그것을 통찰할 수 없다면 상업주의라고 말할 수 없을 것이다.

여덟째, 민중의 피로가 안이한 문학을 요구했다는 점을 꼽을 수 있다. 독서를 통해 경험을 형성할 수 있는 '진정으로 문학적인 작품'은 문구 하나하나를 통해 독자들에게 고도의 정신적 긴장감을 요구한다. 알랭의 지적처럼 장편소설에는 반드시 지루한 부분이 있기 마련이라 태만한 독자를 도중에 쫓아버릴 수 있는 장치가 마련되어 있다. 하지만 일본 민중의 삶이 너무도 팍팍하고 괴로운 나머지 독서에서조차 긴장하기에는 벅찬 측면이 있다. 정신적으로 긴장하지 않은 상태에서 읽고 즐기려면 문장이 술술 읽히고, 표현이 아니라 사건에 흥미를 느낄 수 있으며(종종 건너뛰면서 읽어도 사건의 흐름을 따라갈 수 있다), 심지어 그 사건이 일정한 간격을 두고 발생해서 주의력이 완전히 소진되는 일이 없도록 구성되어야 한다. 이런 요구에 부응할 수 있는 존재가 바로 대중문학이었으며, 아울러 친절하게도 문장에 리듬이 있었고 구두점이 많아 음독이 용이했다(일본에서는 저음으로 음독하는 독자가 적지 않았다).

아홉째, 지식인의 무관심과 문학교육 결여를 지적할 수 있다. 원래 일본의 인텔리는 무저항을 특징으로 하고 있는데 이는 대중문학에서도 마찬가지였다. 그저 대중문학에 야유를 보낼 뿐, 그런 저속한 문학에 젖어드는 민중이야말로 자신들과 함께 문화를 이끌어가야 할 사람들이라는 사실을 인식하지 못한 채, 무관심으로 일관하다 결국 저항심을 내팽개친다. 저항의 첫 번째 수단으로 생각되는 것은 바로 학교 교육이다. 그런데 일본의 학교는 당국자의 문학 경시를 기꺼이 반영해 고전문학의 훈고訓詁나 와카·하이쿠의 감상 이외에, 근대문학을 어떻게 읽고 어떻게 음미해야 하는지 전혀 아무것도 가르치지 않았다. 심지어 소설이라면 무조건 금지하는 학교마저 있었다. 따라서 학교를 나와도 근대문학에 대한 교양이나 경험이 전혀 없는 상태에서 청년들은 느닷없이 문학작품에 접할 수밖에 없게 된다. 당연히 잘못된 선택을 하게 될 것이다. 일본에서는 문학을 반사회적인 행위로 간주하는 사고가 여전히 강해, 문학교육에서 어떤 모순을 느끼는 사람이 많다. 이는 일본 문학의 나쁜 특수성이다. 오늘날 세계의 다른 모든 국가는 근대문학 중심의 문학교육을 인간성 확립의 중심에 두고 있다. 그 점에 대해서는 4장에서 조금 더 자세히 고민해보고 싶다.

전망

그렇다면 앞으로 이 문제의 전망은 어떨까? 과연 어떻게 하면 좋을까? 미래에 일어날 일에 관해 점을 칠 수도 없는 노릇이다. 지금까지 언급한 사항들을 돌아보며 대중문학이 유행하게 된 여러 이유가 향후 어떻게 변화될지를 생각해보면 해답의 실마리가 있으리라고 생각된다. 간략히 각각의 주체에 대해 생각해보면 다음과 같다.

(1) 출판업자 - 일본처럼 소자본 출판사가 난립하는 출판계에서는 문학만이 아니라 학술서 역시 조잡한 형태의 대량 생산으로 자칫 기울어지기 쉽다. 어쩔 수 없는 일일 것이다. 오랜 세월을 필요로 하는 웅대한 사업은 지금 체제에서는 기대하기 어렵다. 오히려 당장 그날그날을 버틸 수 있을지가 문제다. '잘 팔린다'라는 단어가 거론되었을 때 출판업자들의 눈빛이 얼마나 번득였는지를 본 적이 있다면, 차마 그들에게 출판 윤리에

대해 말을 건넬 용기를 잃어버리고 말 것이다. 물론 작품의 질은 중요하다. 그러나 '잘 팔린다'라는 조건이 우선은 선행되어야 한다. 어찌 보면 판매자로서 어쩔 수 없는 부분이다. 따라서 상업주의는 당분간 변하지 않으리라고 예상된다. 세계를 리드했던 프랑스의 문예잡지 《N·R·F》(신프랑스평론)의 발행 부수가 1만 5천 부에 불과했다는데, 오로지 일본 국내에서만 팔리는 일본의 문학잡지는 10만 부 가깝게 발행되고 있다. 심지어 향후 더욱 늘리려고 하고 있다. 저속화 이외에 길이 없는 것이다. 하지만 이렇게 해서 만약 일본 문학이 특히 저속해지고 뛰어난 문학은 일부러 외국에서 수입해야 한다면, 결국 출판업자 자신들의 운명과도 직결되는 문제가 될 것이다. 윤리적인 문제를 떠나 이런 사실에 관해 공리적으로 고민할 필요가 있다.

(2) 비평가-지식인 전반을 포함해 비평가들은 이런 비관적 상황에 대해 쉽사리 패배주의에 빠지면 안 된다. 불리한 상황에서도 저항을 시도하는 자만이 비평가라는 이름의 무게를 감당할 수 있다. 비평가는 무관심으로 일관하는 종래의 태도를 버리고 대중문학을 연구하고 비평함으로써 대중문학 향상을 적극적으로 도

모해야 한다. 그 길은 리얼리즘 채용 이외에 답이 없다. 똑같이 회고적 로맨티시즘이라는 평가를 받으면서도 『삼총사』와 일본의 '시대극(사극)'의 차이를 어떻게 받아들여야 할까. 지금의 대중작가는 과연 『남국 태평기』(앞서 나왔던 나오키 산주고의 대중소설-역주)를 능가하고 있다고 당당히 말할 수 있을까. 올바른 비평과 민중의 지지를 받는 대중문학이 절실하다. 대중문학의 리얼리즘적 기질이 향상됨으로써 새로운 일본 문학이 탄생할 수 있다는 전망은 결코 망상이 아닐 것이다. 올바른 비평의 기초로 우선 외국 대중문학에 관한 본격적 연구자가 나와야 한다. 헌신할 만한 가치가 있는 작업이다. 발레리 같은 사람에게만 수동적으로 감탄하며(능동적으로 감탄했다면 그를 배출할 수 있었던 기반을 생각해 결국 일본 민중에 대해서도 고민하게 되겠지만), 앙드레 모루아나 조르주 뒤아멜마저 통속적이라고 경멸하는 지식인, 비평가의 태도는 바람직하지 않다. 비평가가 해야 할 일은 작가의 계발에만 있는 것이 아니라 자신의 비평에 설득력을 확보해야 한다. 사회적으로 신뢰를 얻을 경우, 비평에 따라 개개의 작품에 대한 독자 동향을 결정하고 출판사 측에도 대항할 수 있을 것이다. 이상론에 불과할지도 모르지만, 예를 들어 프랑스에서는 신뢰할 수 있는 비평가의 비평이 신문이나 잡지에 등장하길 기다렸다가 책을 사거나 연극을 보는 사람이 적지 않다. 미국 독서 조합 같은 곳이 일본에도 생긴다면 더더욱 효율적일 것이다.

(3) 독자-일본 민중의 생활은 전후 얼마나 변했을까? 그 피로도는 어느 정도일까? 민중은 생활 개선에 관해 얼마만큼 희망적일까? 여기에 일본 문학의 미래를 결정지을 가장 중요한 열쇠가 담겨 있다. 작년 봄 어느 노동조합 관련자에게 해당 조합원 대부분이 '비참한 상황은 현실만으로도 충분하니 문학만이라도 밝고 눈부신 것 이외에는 사양한다'라는 취지의 이야기를 했다고 들었다. 나는 이 이야기를 도저히 잊을 수가 없다. 물론 이것이 전부가 아니다. 또 다른 어느 방적공장 도서실의 대출 목록을 언뜻 본 적이 있었는데, 대중문학과 함께 일본이나 외국의 뛰어난 문학작품이 왕성하게 읽히고 있었다. 하지만 아쉽게도 최근처럼 반동 세력이 다시 세력을 얻어 근로자의 희망을 빼앗는 상태가 오랫동안 지속된다면, 결국 그 여파가 문학에도 확연히 영향을 끼칠 것이다. 아직은 어린 독자들을 대상으로 문학 교육을 실시해 문학을 감상할 수 있는 안목을 향상시킬

필요가 있다.

(4) 작가-오늘날에는 모든 문학작품이 상품이라는 점을 다시 한번 확인해야 한다. 물론 예술가인 문학가가 출판 자본의 군림을 허용하고 그 밑에 안주해도 된다는 소리는 아니다. 설령 작품을 팔더라도 상업주의에 관한 저항감을 포기하지 않는다는 모순, 이런 모순을 돌파할 수 있는 자만이 진정한 문학가라고 할 수 있다. 당연히 일본의 현 상황을 돌아볼 때 지극히 곤란한 일이다. 이미 반열에 오른 대가라면 모든 타협을 거부한 채 자신만의 길을 가야 할 것이며, 고액의 수입이 있는 작가들은 애당초 그 수입이 예술가로서의 성장을 위해 부여된 것이기 때문에 그것을 저항력으로 삼아 다음 작품에서 반드시 향상을 꾀해야 한다. 그렇지 않다면 더는 예술가라고 불릴 자격이 없다. 하지만 오늘날 일본에서 생활에 여유가 있을 정도로 수입을 올리는 작가는 그리 많지 않다. 반면 문필로 생계를 이어가려는 사람들의 숫자는 터무니없이 많다. 이는 궁극적으로 문학을 편협하게 만들거나 저속하게 만들 것이다.

일본의 경제 조건을 고려해볼 때 대가의 반열에 오르지 못한 문학가가 문필만으로 독립해서 자유를 추구하는 것은 시기상조라고 생각한다. 매우 반동적인 의견일 것 같지만 작가 활동에 따라 자유가 얼마만큼 지켜질 수 있을지 매우 의문스럽다. 오히려 위험성이 많으리라고 생각되기 때문이다. 심지어 프랑스에서조차 펜의 힘만으로 생계를 꾸려가는 작가는 절대 많지 않다. 『티보가의 사람들』을 쓴 로제 마르탱 뒤 가르는 리세lycee(프랑스의 중등 교육기관-역주)의 교사였으며 장 지로드도 마지막까지 외무성 직원 신분이었다. 뒤아멜이 의사를, 발레리가 아바스 통신사(Agence Havas, AFP의 전신-역주)를, 폴 모랑이 외무성을 그만둔 것은 예술가로서의 삶에 확실한 전망을 발견한 이후였다. 이보다 좀 더 이전에는 말라르메가 중학교 교사, 샤를 루이 필리프가 시청 공무원, 위스망스도 공무원이었다는 것은 주지의 사실이다. 프랑스보다 훨씬 가난한 일본에는 이런 문학가들의 문학적 성과와 비교도 되지 않는 작품들을 고작 2, 3회 잡지에 게재한 후 당장 글로 생활하려는 사람이 많다. 도대체 어찌 된 영문일까? 사회 속에 존재하는 평범하고 거친 작업장에서 그 압박감을 경험한 적이 없는 문학가가 오늘날의 사회와 민중을 과연 진정으로 파악할 수 있을까? 모리 오가이는 평생 관직을 버리지 않았고 나쓰메 소세키도 중년까지 교사였다. 이런 사실을 고려하며(물론 마이너스 측면도 있지만), 특히 오늘날의 상황에서는 당분간 다른 직업과 병행하는 형태로라도 문학가가 상업주의에 저항하며, 진정으로 민중을 기반으로 한 국민문학을 창조하기 위해 예술적 정진에 최선을 다하는 것도 하나의 길이라고 여겨진다.

일본의 출판 환경 및 전반적 사회 조건을 비추어볼 때, 일본 대중문학과 문학 전반의 저속화를 막는 것은 절대 쉽지 않다. 하지만 그 어떤 어려움에도 불구하고 위대한 일에 뜻을 품는 것이 예술가이며 그것을 지지할 수 있는 것이 진정한 문화 국민이다. 우리는 여기서도 여전히 시련기를 겪고 있다고 할 수 있다.

요약

최근 일본에서는 대중문학이 압도적 기세를 보이고 있으며 전반적인 문화가 현저히 저속해졌다. 결코 무시할 수 없는 문제이기 때문에 매도나 한탄만 하고 그냥 넘겨버려서는 안 될 것이며 사회와 연관시켜 면밀하게 고찰해볼 가치가 있다.

우선 뛰어난 문학과 통속문학과의 차이를 생각해보면, 전자가 인생에서의 새로운 경험을 형성하는 데 반해 후자는 그것을 형성하지 않는다. 따라서 전자는 그 가치가 생산적, 정신은 변혁적, 전반적 성격은 현실적이라고 말할 수 있다. 반면 후자는 재생산적, 온존적, 관념적이라고 표현할 수 있다. 통속작가는 스스로 절실한 흥미나 관심interest에 의해 경험을 형성하는 것이 아니라 그저 독자 다수 요구에 응해 기존 관념의 형상화를 꾀하기 때문에 그런 평가가 나왔다고 할 수 있다.

대중문학의 문제는 우선 문학작품의 상품화라는 측면에서 접근해야 한다. 과거에 문학가는 권력자의 비호 아래 있었지만 19세기가 되자 자영업에 가까운 독립적 직업작가가 생겨났다(즉 작품의 상품화). 한편 교양이 부족한 독자층이 급속히 늘어나고 출판 자본이 이를 겨냥하면서 통속문학이 대량 생산의 방향으로 나아갔다.

프랑스의 대중문학은 1830년대에서 1840년대 사이에 생겨났다. 사상은 민주주의, 수법은 리얼리즘에 의거했다. 따라서 프랑스 대중문학은 이후 뛰어난 문학으로 발전적으로 해소된 측면이 많다. 물론 오늘날에도 저속한 문학은 존재하지만, 근대문학의 전통이 강하고 학교에서 적극적으로 문학을 가르치기 때문에 압도적 세력을 점할 수준은 아니다.

일본에서는 제1차 세계대전 이후 생활수준이 향상되면서 생겨난 다수의 독자층을 확보하고자 출판 자본이 대중문학을 육성하고 추진해갔다. 후진 자본주의에서 보이는 독특한 양상을 노골적으로 보여주는 형태였다. 이후 이런 흐름이 압도적 성공을 거두며 오늘날에 이르게 되었는데, 그 이유는 재능 있는 대중 작가가 등장했을 뿐만 아니라 일본의 근대문학이 봉건적인 대중 사이로 충분히 침투되지 못하는 바람에 결국 순문학이 쇠퇴했기 때문이다. 일본 대중문학은 봉건적 사상에 따랐는데 그 점이 오히려 대중을 사로잡았고, 한편으로는 권력자가 이를 활용하게 된 측면도 있어서 더더욱 융성해졌다. 이와 대조적으로 지식인과 교육자는 이런 현상을 한탄하거나 경멸할 뿐, 아무런 저항도 보이지 않았다. 올바른 비평에 의한 대중문학 그 자체의 질적 향상과 근대문학 독서법에 대한 학교 교육이야말로 오늘날 급선무 과제라고 할 수 있다. 대중이 생활 개선에 대한 희망을 품을 수 없다면 자연스럽게 현실 도피적이고 안이한 문학이 유행하겠지만, 다양한 악조건에도 불구하고 저속한 문학이 일본 문학을 완전히 뒤덮어버리지 않도록 저지하는 것은 출판업자·작가·독자·비평가의 공동 책임이다.

4장
무엇을, 어떻게 읽어야 할까

몰사회적 문학관

앞 장에서 필자는 문학교육의 필요성을 거듭 강조했다. 이번 장에서는 그 문제에 대해 좀 더 깊이 들어가고 싶어서 '무엇을, 어떻게 읽어야 할까'라는 제목을 달았다. 어쩌면 이런 제목을 단 시점에서 이미 문학을 좋아하는 사람들의 반감을 샀을지도 모른다. '문학을 읽는 방법'이란 표현에 의아해할 사람도 있을 것이다. '문학은 각자 자기 좋은 작품을, 자기 마음대로 읽기만 해도 매우 즐겁다!', '무엇을 읽어야 할지를 누군가가 지정해준다? 읽는 방법을 지도해준다? 당치 않은 말씀!', 문학을 좋아하는 사람들의 마음속에 이런 반발이 충분히 생길 수 있다. 어째서일까?

우선 그렇게 생각하는 것이 기존 일본 문학계의 상식이었기 때문이다. 일반적으로 문학은 문학가가 사회와 단절된 고독한 존재라는 심경에서 시도하는 자아의 영위로 여겨졌다. 설령 사회에 대해 표현할 때도, 역시 사회에서 도피했다는 심경으로 써 내려가야 한다는 이야기다. 물론 '개인으로서의 자아'라는 표현을 쓰기는 했지만 '실존자実存者'라고 지칭될 정도로 강렬한 자아를 소유한 사람은 그리 흔치 않다. 특히 근대성이 부족한 일본 사회에서는 더더욱 그런 존재를 좀처럼 찾아볼 길이 없다. 잘 들여다보면 대략 어디쯤인가에서 타협하고 있을 것이기 때문이다. 그럼에도 문학에 대한 논의가 시작되려 할라치면 어느새 작가라는 개인으로서의 자아, 혹은 '나'에 역점이 놓이고, 심지어 '나'는 자칫 '반사회적'이거나 '몰사회적'인 존재로 간주되는 경향이 강했다. 이런 사실은 부정할 수 없을 것이다. 어째서 이것이 지배적인 사고방식이 되었을까. 이는 일본 문학의 전통에 유럽의 어느 특정한 문학관이 안이하게 결부되었기 때문이라고 생각된다.

일본뿐 아니라 동양 문학 전반에 걸쳐 도피 경향이 현저하다. 중국에는 '은일(은거자)', 일본에서는 '세상을 등진 사람'이라는 표현이 있다. 물론 고대사회에서는 그것이 가능하지 않았다. 중국의 경우 후한 말기(3세기)가 되어서야 비로소 완적阮籍, 혜강嵆康 이하 죽림칠현이 나타나 이후 그 모델이 되었다. 오토모 다비토大伴旅人(『만요슈』의 대표적 가인 중 한 사람-역주)를 비롯한 고대의 여러 가인도 심적으로 이런 경지를 동경했으나, 일본의 경우 이를 성립시킬 수 있는 기반이 아직은 부족했다. 결국 사이교西行(12세기의 가인이자 불교 승려-역주), 가모노

조메이鴨長明(12, 13세기의 가인으로 속세를 떠나 승려가 된 후 저명한 『호조키方丈記』를 남김-역주), 나아가 바쇼가 출현하게 될 때까지 기다려야 했다. 죽림칠현에게서는 강렬한 저항 정신이 엿보였기 때문에(이로 인해 혜강은 당시의 권력자에게 죽임을 당했다) 루쉰魯迅이 경의를 표했을 정도였다. 그렇지만 이것 역시 일본에 수입되자 그 엄격함이 어느 정도 약화한 것으로 추정된다. 어쨌든 '세상을 등진 사람'이라는 개념은 봉건적 굴레 속에 갇혀 있던 문학가가 세상에 대한 모든 미련을 버린 채 은거하며 자신만의 협소한 세계 속에서 예술을 성립시키려고 했을 경우를 나타냈으며, 당시로서는 그야말로 어쩔 수 없는 선택이었다. 그런데 그런 태도가 자칫 풍류로 여겨지며 메이지 이후, 심지어 오늘날에도 이어지고 있다. 한편 메이지시대가 되자 서양 문학이 수입되었으나 일본 사회의 반봉건적 성격, 특히 메이지 20년대부터 가속화된 군국 체제에 의한 민권 압박은 서양 근대문학의 본질인 '사회성'을 잃게 만들어 결국 '예술을 위한 예술' 등의 일부 측면만 받아들이게 했다.

예술을 위한 예술

이런 주장이나 사상이야말로 정통 유럽 문학이라고 지레짐작하고 있는 사람이 일본에는 여전히 상당수 존재한다. 하지만 기실은 19세기 이후 발생한 사상에 불과하다. 플라톤, 아리스토텔레스, 단테, 셰익스피어, 몰리에르, 루소, 스탕달, 셸리 등은 이와는 전혀 무관하다. '예술을 위한 예술l'art pour l'art'은 예술의 자율성에 관한 주장이다. 요컨대 예술작품은 일반 사회와 단절된 특수 세계에 속하기 때문에 그 가치는 오로지 예술에 의해서 결정되어야 하며 '예술 외적'인 가치 기준을 따라서는 안 된다는 말이다. 하나의 시 혹은 소설에 대해, 저널리즘이 지불한 금액이나 기성 도덕의 잣대에 복종하고 있는지 여부로 가치를 판단하는 것은 당연히 잘못된 일이다. 해당 작품이 특정 당파의 이익에 부합되는지 여부로 가치를 판단하는 것도 마찬가지다. 이런 것들을 거부한다는 의미에서 이 주장은 정당성을 갖추고 있다. 하지만 예술이 아닌 것은 모조리 인생과 연관된 것이라고 확대해석한 나머지, 예술작품을 인생이라는 측에서 논하는 것 자체를 거부한다면 이는 명백한 오류라고 할 수 있다.

문학작품은 순수하게 완결된 '하나의 경험'이긴 하지만, 그것은 어디까지나 '인생에서 삶의 경험'이다. 따라서 문학작품에 시동력을 부여해주는 흥미나 관심interest은 우리가 일상적인 삶에서 품게 되는 그것과 그 어떤 차별성도 없는 성질의 것이다. 또한 문학적 경험을 형성하는 요소는 그야말로 살면서 얻어진 것들이다. 이것을 음미하는 사람들도 실제로 삶을 살아가는 사람이며 인생과 관련된 관심사interest를 가지고 문학작품을 경험하고 평가한다. 예술작품이 금전, 명예, 지배적 도덕, 당파관계 등과 '유용한' 관계로 직접 결부되는 것은 바람직하지 않지만, 그것이 마음의 양식이 되고 궁극적으로 "사람들의 행복 증진, 피압박민의 해방, 인간 상호 간의 공감 확대, 혹은 우리 삶에서 우리를 강하게 만들어주는 것으로서 우리 자신과 세계에 대한 신구新舊의 진리 제시"(월터 페이터Walter Pater)에 공헌할 수 있다는 사실을 부정할 수는 없다. 만약 이를 부정한다면 결국 예술이 스스로 자기를 부정하는 꼴이 될 것이다.

그런데도 어째서 19세기 이후 '예술을 위한 예술'이라는 주장이 생겨나 많은 예술가의 지지를 얻을 수 있었을까? 여기에는 역사적 이유가 있다. 즉 프랑스혁명

을 계기로 힘을 보여주기 시작한 데모크라시와 산업혁
명으로 강력해진 공업주의, 이 두 가지에 대한 반동으
로 '예술을 위한 예술'이 태어났다. 프랑스혁명 이전의
특권계급은 민중을 압박하던 사람들이었지만 한편으
로는 과거의 문화를 지켜내던 존재였다. 세련된 취미와
심오한 교양을 갖추고 있었으며 예술을 이해할 수 있는
사람들이었다. 그런데 이런 자들을 쓰러뜨린 후 세력을
차지하게 된 제3계급, 즉 부르주아는 졸부와 비슷한 부
류였다. 오로지 돈의 힘과 다수결의 원칙에 의해 자신
들의 의지를 관철했으며 예술에 대해 무지했을 뿐만 아
니라 심지어 이것을 돈의 힘 아래에 두고자 했다. 아울
러 새롭게 태어난 기계 공업은 근면하고 성실한 수공업
자가 피땀 흘리며 오랜 세월에 걸쳐 만들어낸 물건을
눈 깜짝할 사이에 대량 생산해버렸을 뿐만 아니라 일에
대한 애정조차 빼앗아버렸다. 이로 인해 모든 가치가
오로지 돈과 능률에 의해서만 판단되게 되었다. 어떤
측면에서는 애당초 근면한 수공업자와 비슷한 성향인
민감한 예술가들이 이런 풍조에 반발했던 것은 일단 수
긍할 수 있는 바다. 하지만 이를 빌미로 인생에서 예술
을 단절시키고 예술의 영역을 스스로 축소해 결국 쇠약

하게 만들었다면, 이는 결국 잘못된 일일 것이다. '예술을 위한 예술'이라는 주장에 대한 앙드레 지드의 지적, "예술이란 것을 그처럼 사소한 것밖에는 표현할 수 없는 존재로 만들어버린 것을 비난한다"라는 표현은 매우 정확했다. 위고, 발자크, 톨스토이, 디킨스 등 위대하다고 표현되는 문학의 거장들이 이런 주장에 찬성하지 않았던 것은 당연한 일이다. 설령 부르주아의 제멋대로가 사실이긴 해도 데모크라시 자체는 인류 전체의 행복을 위해 올바른 길이다. 공업주의 역시 전통적 취향을 다소 해치긴 했지만, 그 덕택에 값싼 물건들이 민중에게 널리 퍼져 생활이 향상되었음은 명백한 사실이다. 이런 것을 '예술을 위한 예술' 유파의 사람들이 이해하지 못했던 까닭은 궁극적으로 그들에게 인간에 대한 애정이 부족했기 때문이다. 만약 이런 표현이 지나치다면, 인간에 대한 그들의 애정에 역사적 통찰력이 부족했기 때문이라고 해야 할지도 모르겠다.

일본에서는 이런 주장을 자연스럽게 끌어낼 수 있는 기반이 없었으나 후진국들이 항상 그렇듯이 선진국의 사조라는 이유만으로 이것을 수입했고 일본 문학의 전통인 '세상을 등진 사람'의 관념과도 일맥상통하는 측면을 가지고 있다며 양자를 안이하게 결부시켜버렸다. 이를 통해 문학가는 사회적 책임에서 벗어났다는 착각에 빠질 수 있었다. '예술을 위한 예술' 유파의 서양 문학가들은 자아의 자각을 거친 근대적 인간이었고, 세속적 가치에 대해 예술적 가치의 우월성을 배타적으로 역설하기는 했지만, 봉건제도 하에서 '세상을 등진 사람'처럼 '체념'을 방패 삼아 인생의 뒷자리로 물러선 사람들은 아니었다. 따라서 세상을 등진 일본의 문학가들에게서는 '예술을 위한 예술' 유파에 속한 사람들이 했을 법한 이야기를 결국 들을 수 없었다. 예를 들어 이런 유파의 수령 테오필 고티에는 다음과 같이 말했다. "예술가는 그 무엇이기 이전에 우선 인간이다. 따라서 그는 그가 사는 시대의 애정, 증오, 정열, 신앙, 편견을 그의 작품 안에 반영시킬 수 있다. 그것을 인정하든 비방하든, 그리고 신성한 예술이 그에게는 항상 목적이며 수단이 아닌 한에는." 이 문장에 나온 '수 있다'라는 부분을 '것이다'라고 바꾸면 올바른 주장이라고 할 수 있다.

'예술을 위한 예술'이라는 사고방식은 그 자체로 잘못된 것이지만, 일본의 문학계에서는 그것이 어설픈 형태로 계승되면서 전통적인 '세상을 등진 사람'의 개념과

야합해버렸다. 이로 인해 문학가는 일상적 사회에서 벗어나 사회적으로 아무런 책임도 지니지 않은 채 자기 맘대로 해도 좋을 인간(요컨대 이토 세이伊藤整 씨가 말한 이른바 "도망 노예")이라는 사고방식이 보편화되었다. '글 쓰는 사람이니 어쩔 수 없다'라는 표현을 모두들 아무렇지도 않게 사용한다. 이것은 문학가를 그 옛날의 미천한 유랑 예능인으로 간주하는 표현이며 문학가에 대한 모욕이기도 하다. 서양에서는 문학가에게 "인생의 교사"라는 칭호를 부여하는 상황이다. 하지만 일본에서는 여전히 문학가를 사회 외부에 존재하는 사람으로 간주하며 그들에게 사회적 책임을 묻지 않으려는 경향이 강하다. 일본 문학계가 얼마나 후진적인 단계에 머무르고 있는지 바로 보여주는 대목이다. 일본에서는 프랑스 문학이 외국 문학 가운데 가장 애호되고 있다. 하지만 프랑스 문학의 기본적 성격이라고 할 수 있는 '사회성'은 프랑스 문학의 또 하나의 특색인 명쾌한 '논리성'과 함께 전혀 받아들여지지 않고 있다. 일본 문학 입장에서는 매우 불행한 부분이다. 그만큼 몰사회적인 기존 문학관이 여전히 지배적임을 알 수 있다.

문학교육

앞서 언급한 바와 같이 종래 일본의 문학관에서 보자면 문학작품이란 몰사회적인 작가의 비밀스러운 영위라는 식으로 여겨졌기 때문에, '문학작품과 사회와의 관계' 혹은 '문학교육'이라는 표현은 운치가 없을 뿐만 아니라 난센스로 들릴 정도다. 하지만 세계의 뛰어난 문학 중에는 강렬한 사회적 관심을 바탕으로 창작된 것이 오히려 다수를 차지한다. 사회적인 요소를 아무리 무시한 작가의 창작이라도 일단 작품으로 인쇄되어 세상에 던져진 이상, 사회에서 하나의 객관적 공유물로 다루어진다는 사실은 부정할 수 없다. 따라서 작가가 아무리 인상을 써도 사회는 이것을 자유롭게 자기 상황에서, 요컨대 사회적으로 처리해도 무방하다.

최근까지 일본에서 특정 작품이 문제가 될 경우, 그 중점이 항상 '작가의 창작' 측면에 과도하게 놓였기 때문에 '독자의 향수'라는 측면이 경시되는 경향이 강했다. 이런 사실은 일본 문학에 대한 기존 평론 현황을 살펴보면 일목요연하다. 평론에서는 오로지 작가의 의도와 작품 성공 정도에 대한 탐구에 역점을 두었기 때문이다. 사회인을 대표해 사회인으로서의 향수를 기반으로 연구를 진행하는 경우, 예를 들어 하나의 소설을 읽는 것이 독자에게 어떤 기쁨과 슬픔을 주며 어떤 경험을 형성하는지를 보여주는 경우는 거의 없었다. 이런 편향성에 전혀 의구심을 품지 못했던 이유는 일본에서의 문단문학 독자층 대부분이 청년, 특히 문학청년에 의해 구성되었다는 사실과 밀접한 관련이 있다. 아울러 문학잡지 편집을 문학청년 성향의 인물이 대부분 담당했기 때문이다. 그들은 건전한 사회인으로서가 아니라 어떻게든 문학가가 되고 싶다는 욕망, 따라서 기성문학가에 대한 일종의 열등감을 품은 채 문학을 읽거나 편집하는 경향이 있었다. 그런 사람들에게는 문학가와 길드적 관계에 있는 비평가의 문단 가십에 관한 잡담, 혹은 창작의 비밀 등을 신비롭게 다룬 발언도 흥미로울지 모르겠다. 사실 그런 표현들은 문학의 진정한 향수와 무관한 내용이다.

문학작품은 그 자체로서 독립적이고 객관적인 하나의 '대상'이다. 근대적 리얼리즘에 입각한 소설은 특히 그러하다. 때문에, 해당 작품을 작가가 어떤 상황에서 어떤 고충을 겪으며 썼는지는, 물론 알아서 나쁘지는 않지만, 그렇다고 그런 것들이 작품을 누리기 위해 필요불가결한 전제조건은 결코 아니다. 요컨대 뛰어난 작품은 아무런 배경지식 없이 직접 부딪혀본 후에야 이해하고 맛볼 수 있을 것이다. 그런 형태로 사회인이 작품 자체를 통해 직접 받아들인 감동을 좀 더 소중히 음미할 필요가 있다. 사회인이 받은 감명과 평가에 근거하면 문학의 사회성이 당연히 문제시되게 된다. 바로 이 점을 통해 인간 형성에 도움을 줄 수 있는 존재로서의 문학과 국민교육 간 연계 문제가 대두되어야 마땅하다. 물론 문학교육은 예술지상주의적이거나 문단 중심적이어서는 안 되겠지만, 동시에 좁은 의미에서의 '교육적'일 필요도 없다. 문학적이어야 한다. 요컨대 기성 도덕에 추종하는 작품만 가르치는 형태는 결코 바람직하지 못하다. 2장에서 언급한 뛰어난 문학을 제대로 선택해 제시하고 정확하고 풍요롭게 읽을 방법을 지도해야 한다. 요컨대 문학은 우리의 마음을 좀 더 인간적으로 만들어주고 오늘날 우리의 삶을 더욱 알차게 만들어주며, 동시에 지금보다 나은 내일의 삶을 만들어낼 수 있는 동력이 될 구상력imagination을 배양하는 존재여야 한다.

그런 의미에서 문학과 교육의 바람직한 연계는 문명

국이라면 이미 실행하는 상황이다. 예를 들어 미국에
서는 사회과학, 자연과학과 함께 '휴머니티'라 불리는
과목이 있다. 프랑스의 경우, 우리에게는 조금 과하다
고 여겨질 정도로 문학이 학교 교육의 뿌리를 이루고
있다. 그런데 일본에서는 문학과 교육이라는 두 단어
의 병렬이 어쩐지 기이한 느낌을 준다. 애처롭기 그지
없는 상태다. 이는 일본에서 문학이 보이는 특수한 양
상, 혹은 문학의 빈곤에 기인한다. 나아가 종래의 교육
자가 도피 정신 때문에 고대나 중세문학만 중시하고 근
대문학을 무시해왔기 때문이다. 아울러 문학의 본질에
무지해 문학을 단순히 교화의 수단으로 삼고자 했다는
점, 편협한 태도에 대한 반동으로 패전 후 극단에서 극
단으로 오가며 문학을 단순히 오락으로 간주하려는 분
위기가 만연했다는 점, 교육자는 그저 무력하게 이것을
한탄하고 있을 뿐이라는 사정 때문이기도 하다. 하지만
그것은 일본의 특수한 사정에 불과하다. 이것을 핑계로
오늘날 세계적으로 행해지고 있는 인간 형성의 방식,
즉 문학교육에 대해 외면해서는 안 된다.

문학의 여러 장르

앞서 문학작품은 하나의 객관적 '대상'이기 때문에 직접 읽어보고 음미해야 한다고 언급했다. 그것은 자칫 지나치게 단순한 표현일 수 있었다. 왜냐하면 문학에는 여러 가지 장르(양식)가 있으며, 앞서 말한 내용은 주로 근대소설에 해당하기 때문이다. 희곡은 원래 무대에서의 연출을 목적으로 작성된 각본이다. 따라서 연기와 분리한 상태라면 충분히 음미할 수 없는 대상이다. 과거에 연극을 좀 본 적 있는 사람이 아니라면 느닷없이 희곡에 도전해본들 진정한 이해가 쉽지는 않을 것이다. 아울러 조만간 이 '이와나미 신서' 시리즈에서도 연극론이나 희곡 감상법이 나올 것이므로 이 책에서는 희곡을 일단 제외하기로 하겠다.

시는 항상 '약속'을 지니고 있다. 읽자마자 바로 이해하기가 쉽지 않다. 요컨대 서양의 시에는 시구 음절 syllable의 길이에 차이가 있으며 두음alliteration과 각운 rhyme이 있다. 중국의 시에도 평측과 압운이라는 엄격한 규정이 있다. 이런 규칙들에 대한 선행지식이 없다면 시의 아름다움을 결코 이해하지 못할 것이다. 뛰어난 시인이란 그런 엄격한 규칙을 지킴으로써 오히려 언어에 조화로운 아름다움을 부여할 수 있는 사람이다. 나아가 시 언어는 일상생활에서는 그다지 사용되지 않는 용어인 경우가 있으며 일상어를 사용할 경우라도 해당 단어는 일상생활과 상이한 다른 측면에서 파악되는 경우가 많다. 특히 중국의 시에서는 하나하나의 문자가 고전에서 인용되는 형태로 사용되기 때문에 중국 문학 전통에 익숙하지 않은 사람에게는 그 진가가 좀처럼 파악되지 않는다. 요컨대 시의 감상을 위해서는 예비 교양이나 훈련이 필요하다.

시는 산문과 함께 문학을 이루는 양대 부문 중 하나이므로 중시되어야 마땅하다. 유럽이나 미국의 미학서와 문학 이론서는 종래까지 시에 오히려 더욱 중점을 두었다고 보인다. 지금까지 언급해왔던 이론은 시에도 충분히 해당하는 이야기라고 믿지만, 이제부터 문학을 어떻게 읽어가야 할지를 논할 때는 시에 대해 언급하지 않기로 하고 싶다. 왜냐하면 개인적으로 시에 대한 교양이 불충분할 뿐만 아니라, 현재 세계의 모든 곳에서 산문, 특히 소설이 문학의 대표선수가 되고 있기 때문이다. 특히 현대 일본에서는 문학 전체에서 시가 차지하는 영역이 매우 좁다. 메이지시대로 접어든 이후 시마자키 도손을 시작으로, 아마도 일본이 낳은 최고의 시인인 하기와라 사쿠타로萩原朔太郎를 거쳐 미요시 다쓰지三好達治에 이르기까지, 몇몇 뛰어난 시인이 있긴 하지만 그 숫자는 극히 한정적이다. 현재의 일본 시단은 솔직히 말해 빈곤하다고 하지 않을 수 없는 상태에 있다. 심지어 일본 신체시는 정형과 압운을 지니고 있지 않기 때문에, 아무리 뛰어난 시도 100퍼센트 시적이라고는 말할 수 없다. 첨예한 산문이라고 해도 좋을 측면을 반드시 남기고 있다. 신체시를 대상으로 시 전체를 논하기에는 위험성이 따른다. 아울러 일본에만 있는 단카短歌(일본 고유의 5·7·5·7·7의 정형시. 와카和歌-역주)와 하이쿠가 있는데 과거 뛰어난 작품들이 있었다고 해도 더는 근대문학의 중요한 장르가 될 수 없다. 특히 나는 일본 문학이 장래 건전하게 발전하기 위해 당분간 이런 것들에 대해 금욕적으로 임하는 것이 좋겠다는 생각이므로 여기에 대해서는 언급하지 않겠다.

서양이나 중국에서는 위대한 시인들이 다수 등장했는데, 그런 작품의 아름다움의 절반은 바로 운율에 있다. 일본인의 경우 일본 시에 그런 요소가 극히 부족해 무감각한 상태라고 할 수 있다. 따라서 대략적인 의미만 전달해주는 번역에 안주하고 있지만 시라는 장르를 고려해볼 때는 매우 불완전한 향수 방식일 수밖에 없다 (미래의 시인을 꿈꾸는 청년들이 외국어 공부를 소홀히 하며 번역 시만 으로 근대 시를 논하는 것을 보고 있노라면 야심이 너무 없다는 사실에 애처로운 생각마저 든다), 만약 외국 시를 제대로 음미하고 싶다면 원문 텍스트에 따를 수밖에 없는데 그렇게 되면 원어의 해석 외에 운율 규칙에 대해서도 언급하지 않을 수 없다. 때문에, 그에 대해 언급하면 이 '신서'의 틀을 지나치게 뛰어넘을 것으로 여겨진다. 아울러 근대문학 을 배우려는 사람이 시에서 출발하는 것에 대해서는 다 소 부정적이다. 일단 그 사람의 감각을 예민하게 해줄 지는 모르겠으나 문학 세계를 협소하게 만들 우려가 있 다고 여겨진다. 특히 일본에서는 그러하다. 나는 우선 산문에서 시작해 차츰 시와 희곡으로 넓혀가는 것이 근 대문학으로 향하는 올바른 길이라고 믿는다.

근대소설의 기본적 성격

소설의 기원은 아주 먼 과거로 거슬러 올라가지만 지 금 여기서 세세한 역사적 고증을 시작하는 것은 부적절하다. 그럼에도 소설이 하나의 장르로 문학세계에 거대한 세력을 점하게 된 것은 대략 18세기부터라는 사실을 일단 확인해두고 싶다. 그리스의 롱고스가 쓴 『다프니스와 클로에』라든가 중국의 진나라, 당나라 시대의 소설은 재미있기는 하지만 '이야기'라고 부를 만한 작품들이었다. 오늘날 우리가 '소설'이라고 부르는 것들이 아니다. 물론 근대소설도 일종의 이야기 같은 요소를 가지고 있으므로 양쪽을 확연히 구별하는 것은 곤란하지만, 양자 성격의 차이를 살펴보면 대략 다음과 같다.

이야기는 일상에서 벗어난 비일상적인 사건을 소재로 줄거리를 말해준다. 사건에 연루된 인물보다 사건 그 자체에 흥미의 중심이 놓인다. 소설은 일상 세계를 묘사한다. 설령 비일상적인 사건이 일어나도 일상생활과 같은 원리로 이해될 수 있는 성질의 것으로 표현된다. 사건 자체보다 등장인물에 중점이 놓여 있으며 전체적으로 볼 때 특이한 개성에 의해 세계가 발견된다는 형태를 취한다. 정신적인 측면에서 보면 이야기를 지배하는 것이 숙명관이라면, 근대소설의 정신은 인간이 자신의 운명을 스스로 선택한다는 것이다. 따라서 인간중심주의라고 말할 수 있다. 작가의 경우, 이야기를 쓰는 사람은 비일상적인 사건을 그저 감동적으로 다른 사람에게 전하려고 한다. 특별한 성격을 가지지 않는 매개자이며 그 자신의 개성은 문제가 되지 않는다. 하지만 소설 작가는 자신이라는 존재를 확실히 가진 상태에서 등장인물을 만들며 거기에는 반드시 '고백'이라는 요소가 존재한다. 소설 세계를 지탱하는 것은 사건이 아니라 작가의 개성이다. 그런 의미에서 자기 행동에 책임을 질 수 있는 개성을 가진 문학가가 태어난 것은 근대 시민사회부터였다. 근대소설이 18세기에 이르러 우선 영국에서 발달한 것은 당연한 결과였다고 할 수 있다.

근대에 들어와 발흥하기 시작한 시민계급은 그 이전 문학의 보호자였던 특권계급처럼 전아한 취미와 고전적 교양을 지니고 있지 않았지만, 인간과 세상에 대한 욕망이 강했고 전통이라는 틀에 얽매이기보다는 참신함을 추구하는 정신이 강했다. 근대소설은 그 모태인 시민계급의 정신을 반영하고 있다. 즉 근대소설은 일상적 어조에 가까운 산문으로 작성되었으며 시나 연극처럼 특별한 약속이나 규칙을 지니지 않는 자유예술이었다. 근대소설을 음미하기 위해선 고전에 대한 교양이나 고전문학에 대한 역사적 지식이 선행되지 않아도 무방했다. 시민 모두를 위한 민중예술이었다. 그 기본적 성격은 오늘날에도 고스란히 유지되고 있다. 요컨대 소설은 어느 날 갑자기 읽어도 누구나 이해할 수 있는 성질의 것이다. 앞서 문학을 어떻게 읽어야 할지에 대해 언급하면 반감을 일으킬 사람이 있을 수도 있다고 말했던 까닭은 일본에서의 문학관이 가진 특수성 이외에도 현대문학의 대표적 존재인 소설의 이런 성격 때문이었다.

다음으로 소설에서 주의해야 할 점은 작가와 독자 사이에 일정한 단절이 있다는 점이다. 독자는 작가의 창작심리나 기교를 고려하지 않은 채, 요컨대 작가를 무시하고 작품 그 자체를 직접적으로, 자신만의 방식으로 수용할 수 있다. 생산자와 소비자가 확실히 구별되어 있다는 사실은 근대 산업의 전반적인 특색인데, 동시에 근대 예술의 특색이기도 하다. 예를 들어 영화의 경우 해당 분야의 동업자나 비평가, 에피고넨Epigonen(모방자, 아류-역주)이 아닌 한 일반적이고 정상적인 관객이라면 감독의 사생활이라든가 그 노력, 혹은 필름의 각 장면의 몽타주라든가 트릭이라는 제작 기교에 대해서 망각한 채, 혹은 그에 대해 전혀 모른 상태에서 그저 화면을 즐길 뿐이다. 자신도 조만간 영화 한 편을 찍어보겠

노라는 발상 따위는 하지 않는다. 소설을 읽는 보통 독자도 이와 비슷한 상태다. 그것으로 충분하다고 할 수 있을 정도의 것을 본격적인 소설이라면 갖추고 있다. 하지만 모든 예술이 그렇지는 않다. 예를 들어 인간의 몸을 소재로 하는 춤의 경우, 발동작이나 손동작, 춤의 규칙, 요컨대 춤추는 방식을 알지 못하거나 춤을 추어 본 경험이 없는 사람이라면, 타인의 춤을 보아도 아름다움이나 매력을 충분히 음미하기 어렵다. 이것도 근대의 스테이지 댄스stage dance 같은 형태가 발전하게 되자 예술가와 관객이 분리되게 된다.

지금 언급한 내용을 반대로 표현하면, 전근대적 예술에서 생산자와 소비자가 일치했다는 사실은 예술이 사교의 도구라는 측면을 가지고 있었음을 의미한다. 중세 시가詩歌는 일본의 와카를 비롯해 하나같이 이런 놀이로서의 성격을 지니고 있다. 중국 시인의 가집을 보면 증답贈答 형태의 시들이 얼마나 많은가. 프랑스의 중세 궁정에서도 하나의 시를 여러 사람이 함께 만들며 즐기곤 했다. 다도 같은 경우도 이와 비슷한 성격이다(다도의 경우 장르로서는 댄스의 일종이라고 생각할 수도 있다. 이것을 예술로 간주하는 것에 대해서는 반대 의견이 있겠지만, 예를 들어 중세의 와

카를 예술이라고 할 수 있다면 다도 역시 예술이라고 할 수 있다). 다도를 음미하기 위해서는 차에 대한 예비지식이나 예비체험이 필요불가결한데, 예비지식과 익숙함이 필요하다는 사실이 다도 특유의 경향을 발생시킨다. 예술이라기보다는 예능에 더 가까운 다도는 다도에 관한 예비적인 것을 익히고 그에 익숙한 사람들끼리 폐쇄적 서클에 가두려는 경향을 띤다. 하이쿠도 비슷한 성격을 지니고 있다. 작가의 사생활에 관한 예비지식이 없으면 도대체 무슨 뜻인지를 알 수 없는 일본 특유의 사소설도 이런 점에서 공통된 성격을 지니고 있다. 진정한 근대 예술에 다다르지 못했다고 할 수 있다.

이와 반대로 근대소설은 앞서 예를 들었던 영화처럼 예비적인 어떤 것을 요구하지 않는다. 과거에 소설을 썼던 경험이나 써보고 싶다는 의사가 없었더라도, 혹은 소설 발달사 따위에 대한 지식이 없더라도, 어느날 갑자기 소설을 접해도 금방 이해가 되고 음미할 수 있는 개방적인 민중예술이다. 심지어 사교적 예술이라기보다는 고독한 감상을 근간으로 한다. 요컨대 소설은 다수와 함께 낭독하는 것이 아니라 자기 방에 틀어박혀, 혹은 자연의 풍경 속을 홀로 방황하면서 읽는 것이다. 영화관은 관객으로 가득 차 있을지 모르지만, 관객 각자가 화면에 주목하는 한, 동반자와 함께 왔다는 사실조차 잊어버리고 고독해질 수 있다. 영화관이 캄캄하므로 한층 이런 상황을 조장한다. 관객은 열쇠구멍을 통해 타인의 생활을 훔쳐보는 흥미로움을 느낀다. 개방적이면서도 고독한 이런 상황은 개인주의적 근대사회 정신을 반영하고 있다고 할 수 있다.

지금까지 언급했던 것은 근대소설의 근본적인 성격이다. 실제로는 200년 역사를 거치는 동안 이에 반하는 소설도 나왔으며 예비지식이 필요한 작품도 등장했다. 19세기 동안 시민계급이 더욱 분화했다는 점도 고려해 볼 필요가 있다. 영화나 라디오처럼 더욱더 직접적이고 감각적인 장르가 발생함에 따라 소설이 맡았던 직능의 일부를 빼앗기게 되었다. 사진이 생겨나 근대 회화에 영향을 끼쳤던 것과 비슷한 상황에 놓이게 된 셈이다. 나아가 이런 시간예술들, 요컨대 감상 속도가 생산자에게 일임되는 예술에 비해 소설은 마음에 드는 곳에서 멈추어 서거나 다시 읽을 수 있다. 요컨대 감상 속도를 향유자가 자유롭게 조절할 수 있다는 의미에서 조각처럼 정지예술이라고 할 수 있다. 이상과 같이 산문 예술의 본질이 새삼 성찰되었다는 점에서 소설의 성격은 계속 변화하는 중이라고 생각된다. 20세기에 들어와 점차 난해한 소설이 나왔다는 사실은 부정할 수 없다.

그런 의미에서 소설이 발달해온 역사를 돌아보며 다양한 명작에 대해 언급해두는 것은 오늘날의 작품을 이해하는 데 필요하다. 게다가 세계 여러 나라에서나 일본에서 이미 생산된, 혹은 생산되고 있는 소설을 전부 읽는 것이 불가능한 이상, 기준적인 필독 문학서의 선택이라는 문제에 고민해볼 필요가 있다. 문학에서 필독서를 선정한다는 것은 자신의 문학적 교양이나 감각에 자신 있는 인텔리에게는 매우 저속하게 생각될지도 모른다. 하지만 그런 생각이 드는 사람들은 그들의 사회적 감각이 얼마나 둔감해졌는지를 폭로하고 있는 것이나 마찬가지다. 젊은 학생들이나 근로자들이 그들의 귀중한 청춘의 시간을 문학작품을 읽기 위해 얼마나 허비하고 있는지를 인지하게 된 순간, 진정으로 문학을 사랑하는 자야말로 이 저속한 문제 해결에 협력하지 않으면 안 된다는 사실을 깨닫게 될 것이다.

독서 기준화의 필요성

비단 문학서만이 아니라 일본만큼 독서의 난맥상이 심각한 나라도 드물다. 독서광으로 세계적으로 유명한 일본 국민이지만, 각자 자기가 좋아하는 수많은 책을 읽어가고 있을 뿐 정작 국민적 문화 교양의 기반을 이룰 '공통의 것'은 거의 존재하지 않는다. 무턱대고 쏟아져 나오는 신간 서적은 잠시 접어두고, 일정 정도의 교양을 갖춘 일본인이 과거의 명저 중 과연 어느 정도나 공통으로 읽고 있는지 돌아보자. 문학의 경우, 독일의 『젊은 베르테르의 슬픔』 이하 괴테의 작품, 프랑스의 몰리에르, 라퐁텐, 중국의 『삼국지』나 『수호전』 등 각국의 국민에게 광범위하게 침투한 작품이 일본에는 과연 얼마나 되는지 의문스럽다.

일본에서는 각자가 '독자성'을 발휘해 도서를 선택한다. 따라서 글을 쓸 때나 토론할 때, 이쪽이 어떤 책들을 읽고 있는지 상대방은 알지 못하며 반대 경우도 마찬가지다. 공통된 기반이 없는 것이다. 때문에, 예를 들어가며 구체적으로 이야기를 하는 것이 거의 불가능하다. 굳이 시도하고자 한다면, 상대방이 모르는 책의 내용 설명에서부터 시작해야 한다. 시간이 너무 걸리기

때문에 자연스럽게 번거롭게 느끼며 생략하게 된다. 이에 따라 논의는 관념적이고 공허해진다. 특히 예술작품의 경우 무리하게 설명을 시도해본들 애당초 원작을 모르면 그 어떤 치밀한 표현도 그와 동등한 가치의 의미를 전달할 수 없다. 서양에서는 사람을 비평할 때 햄릿, 베르테르, 쥘리엥 소렐 등의 예를 자주 든다. 셰익스피어, 괴테, 스탕달의 명작에 나오는 유명 인물들이 전형적인 인간으로 사용되고 있다. 그런 예로 인해 간단하면서도 농밀한 내용을 담은 구체적인 관념이 부여된다. 미소년이자 두뇌 회전이 빠르고 야심가이면서도 성실한 구석이 있으며 용감하면서도 내성적인 청년, 그 어떤 말로도 쥘리엥 소렐이라는 하나의 전형을 표현해낼 수 없을 것이다(그런 의미에서 일본의 근대문학 작품 중 제법 광범위하게 통용되고 있는 것은 나쓰메 소세키가 만들어낸 인물, 예를 들어 『도련님坊っちゃん』에 나온 도련님 정도이지 않을까?). 전형으로서의 작중인물은 하나의 예에 지나지 않는다. 일반적으로 하나의 집단에 속한 사람들이 뛰어나고 구체적인 것을 공통적으로 소유하면 그 사람들의 사상, 나아가 행동까지도 매우 안정감이 생긴다. 그 점을 통해 진정한 독립성을 만들어낼 힘이 될 수 있다는 사실을 인지해야 한다.

유교가 지배하던 상황이긴 하지만, 일본에서도 도쿠가와시대부터 메이지시대까지 어느 정도 독서 기준화 standardisation가 행해지고 있었다. 하지만 메이지 말기부터 완전히 허물어져 버린 후 그것을 대신할 것이 생겨나지 않은 채 난맥상을 보이기 시작했다. 최근에 확연히 드러난 인텔리의 빈약함도 이런 현상과 절대 무관하지 않다고 여겨진다. 물론 글을 읽지 않는 계급의 사람들을 정치나 문화에 전혀 참여시키지 않는 유교를 부활해서는 안 되겠지만, 새로운 시대의 데모크라시와 휴머니즘 정신에 입각한 독서의 표준화는 오늘날 가장 긴급한 일이다. 미국 학교에서는 각 과목별 재학 중 필독도서가 표준적 도서 리스트로 이미 존재해 이른바 강제적으로 행해지고 있다. 요컨대 다음 단계에서는 그런 책이 읽혀질 거라는 전제로 독서가 진행된다. 일본에서도 부문마다 이런 필독서 리스트를 작성할 필요가 있다. 새롭게 만들어진 대학 교양과정에서 가장 먼저 해야 할 일일 것이다. 물론 도서 목록을 선정할 때는 지나치게 난해한 것은 피해야 하며 너무 많은 도서를 제시해버리면 도리어 불가능해질 수 있다. 신중을 요할 점이 많지만 우선 각 대학에서 각자 리스트를 만들고 그 것들을 비교 검토해 수년 후 전국 공통의 리스트가 완성되는 것이 이상적이다. 문화 국가의 교육자라면 그 정도 고생은 기꺼이 감수해야 한다.

　이런 이야기가 나오면 젊은 사람들 뇌리에는 즉각적으로 '관료 통제'라든가 독자성의 억압이라는 단어가 스쳐 지나갈지도 모른다. 그 심정은 충분히 이해가 간다. 우리가 일찍이 학교에서 필독서 따위의 명목으로 추천이나 강요를 받았던 책들이 과연 어떠했던가. 현재의 인생과 아무런 관련이 없는 도학적이고 따분한, 요컨대 청년의 마음에 울림을 주지 못하는 것들뿐이었다. 문부성(우리나라로 치면 교육부-역주)이 추천하는 도서들이 얼마나 우스꽝스러운 것들이던가. 그런 사실을 돌아보면 젊은 사람들의 반발은 충분히 이해가 간다. 일단은 공통 기반에 입각하지 않는 '독자성'이 얼마나 나약한 것인지를 반성해야 한다. 전반적으로 일본의 젊은 학생 여러분은 평소의 단련을 거치지 않은 채 갑자기 아늑하고 소박한 독자성에 도달하려는 동경이 아주 강한 것처럼 보인다. 아마도 일본 사회의 폐쇄성이 반영된 결과겠지만, 원인이 무엇이든 본인은 다른 사람과 조금은 다르다는 사실을 빨리 보여주고 싶어 한다. 하지만 실제로 사회에 나와서 몇 년이 지나고 처자식이라도 생기면 대부분 타인과 무척이나 비슷한 존재가 되어버리는 것이다. 옆에서 보기에 딱하기 그지없다. 아늑하고 소박한 독자성이 아니라 거대하고 지구력 있는 독자성을 기르고 싶은 사람이라면 우선 공통된 기반에 대해 충분히 익힐 필요가 절실하다(천재의 경우라면 어떨지를 생각할 사람도 있을지 모른다. 천재는 좀처럼 존재하지 않지만, 만약 천재라면 책을 읽지 않아도 알아서 훌륭해질 것이다. 사회 전반에 걸친 문제에서 쉽게 천재 개념을 제시하고 싶어 하는 것은 구식 발상법이다).

문학필독서 리스트

　이상과 같은 의미에서 표준적인 문학필독서 리스트를 작성하는 것은 오늘날 지극히 중요한 작업이라고 하지 않을 수 없다. 선진국에서는 그런 시도가 진즉에 이루어지고 있지만, 일본에서는 앞서 시석했던 것처럼 특유의 문학관으로 인해 전혀 이 작업에 열의를 보여주지 않았다. 이런 기본적 작업을 내팽개쳐둔 채 그저 세계문학에 눈을 뜨라고만 외치는 것은 가히 골계적이라고 하지 않을 수 없다. 그런 상태라면 모처럼 크게 뜬 눈으로 여기저기를 기웃거릴 뿐이다. 또한 현실적으로 그 필요성을 강하게 느끼는 까닭은 신설 고등학교나 노동조합 등에서 받은 앙케이트 설문 조사 대부분이 무슨 책을 읽으면 좋을지에 대한 문의라는 사실 때문이다.

이에 따라 나는 그런 시도 중 하나로 주변 도움을 받아 세계 근대소설 50선이라는 리스트를 만들어보았다 (권말 부록). 서둘러 진행하다 보니 불완전한 점도 있겠으나, 각 방면에서 비판을 받으며 차츰 고쳐나가고 싶다. 리스트 작성 근본 방침은 필자가 지금까지 이 책에서 언급해왔던 바에 의한다. 좀 더 설명을 덧붙이자면 첫째, 근대소설을 음미하기 위해 우선 서양 근대소설 걸작을 읽어야 한다. 사실 근대소설은 중국이든 일본이든 모두 유럽 근대소설의 영향을 받아 생겨났다. 유럽 이외에도 『아라비안나이트』라든가 『수호전』『삼국지』『겐지모노가타리』, 사이카쿠(근세 일본의 저명한 작품인 『호색일대남』 등의 저자-역주) 등 뛰어난 작품들이 있지만, 이것들은 그 성격이 근대소설과는 근본적으로 상이하다. 설령 이런 작품들의 영향으로 창작된 소설이 있다고 해도 만약 그 작가가 서양 근대소설에서 정신적 세례를 받지 않았다면, 현대소설로서 대단치 않은 작품이라고 해도 크게 틀리지 않는다. 그런 의미에서 우선 근대소설이 어떤 것인지를 파악하려면 서양 근대소설 걸작을 읽어야 한다.

그런데 그런 걸작들에 유럽의 정신이 표출된 이상, 근본을 이루고 있는 『성서』나 그리스신화, 호메로스 등에 대한 지식이 필요하다는 의견이 있다. 정확한 주장이며 실제로 그런 것들에 접해두는 것이 물론 바람직하다. 그러나 그렇다고 해서 소포클레스, 플라톤, 플루타르코스, 타키투스Cornelius Tacitus, 아우구스티누스 Aurelius Augustinus 등 고대, 중세 사상과 문학을 충분히 통과해두어야 한다는 대학교수 의견에 맹종할 필요는 없다(문학만이 아니라 학문에서도 고대에서 현대로 이어지는 공부법에 너무 집착해서는 안 된다. 현대나 근대를 먼저 한 후 필요에 따라 시대를 거슬러 올라간다는 방향도 중요하다. 오히려 그런 편이 효과적일 경우도 있다). 심지어 그런 고전은 그리 간단히 읽을 수 있는 작품도 아니다. 앞서 언급한 바와 같이 근대소설은 그리 고급스러운 곳에서 탄생하지 않았다. 문학 연구전문가에 뜻을 품고 있는 사람이 아니라면, 근대소설 계보를 굳이 일일이 더듬어 올라간다 해도, 오랜 과거 부분에서는 보카치오의 『데카메론』, 비록 소설은 아니지

만 근대문학의 선조라는 의미에서 루소의 『고백』 정도
에서 시작하면 충분하다. 이 두 가지는 역사적 의의를
왈가왈부하기 이전에 더할 나위 없이 흥미로운 책이므
로 한번 읽어보길 권하고 싶다.

앞서 언급했던 이유에 의해 희곡과 시는 제외하고 근
대소설만 대상으로 삼는다고는 해도 겨우 50권에 불과
하다면 너무 적다는 의견이 있을지도 모른다. 지당한
의견이다. 하지만 나는 헤르만 헤세가 고른 세계문학
목록은 권수가 너무 많아 오히려 비실용적이라고 생각
한다. 그 책들을 모조리 읽은 사람은 유럽 지식인 중에
도 소수에 불과하다. 어차피 전체 독파가 어렵다면 다
시 한번 이차적인 필독서 리스트를 만들어야 한다는 말
이 된다. 그럴 경우, 국민교육의 공통기반이 되지 못할
것이다. 게다가 책값이 비싼 오늘날, 독자의 경제력이
라는 측면도 고려해야 한다. 따라서 나는 일단 50권으
로 한정하고 대신 교양 있는 일본인이라면 적어도 이것
만은 반드시 모조리 읽는다는 방향으로 설정하고 싶다.
내가 작성한 리스트라면 전부 다 사서 읽을 경우, 대략
2만 엔이 들 것이다. 학교나 회사(노조) 도서관이라면 한
번에 살 수 있겠지만(대규모 도서관에서는 이런 명작의 경우 비슷

한 것을 필히 여러 권 사둘 필요가 있다), 개인 관점에서 적지 않은 액수다. 한 번에 모조리 입수해야 한다는 말은 아니다. 하나를 다 읽고 난 후, 그다음 것을 사는 식으로, 몇 년이 걸리든 조금씩 사서 읽어 내려가면 될 것이다.

소설을 읽는 즐거움 중 하나는 시간이 흐른 후 명작을 재독하는 데 있다. 장편소설이라는 것은 하나의 객관적이고 복잡하고 심오한 세계이기 때문에, 독자의 사상이나 생활과 관련된 흥미나 관심interest이 변화해가면 그에 따라 그 세계에서 행해지는 독자의 경험도 다양하게 변할 수 있다. 때문에, 이미 대략적인 줄거리를 알고 있음에도 불구하고 다시 읽어볼 때마다 역시 새로운 경험을 부여해주기 마련이다. 그 즐거움은 옛날부터 알고 지내던 훌륭한 사람을 가끔 다시 만나 다시금 감명을 받았을 때의 기쁨에 비유할 수 있을 것이다. 옛날처럼 여전히 멋지다고 생각하면서도 동시에 지금까지 미처 깨닫지 못했던 그 사람의 장점을 새롭게 발견할 수 있기 때문이다. 일찍이 그토록 방대한 톨스토이의 『전쟁과 평화』를 열 번이나 재독했다는 사실은 그런 즐거움이 있어서 비로소 가능한 일이었다. 50권의 책을 확보해둔다면 그 사람의 인생을 이루 가늠할 수 없을 정도로 풍요롭고 즐겁게 해줄 것이다.

　이런 리스트에 따라 소설을 읽는 것이 어쩐지 부자유스럽고 개성의 발전이 저해된다고 생각할 사람이 있을지도 모른다. 하지만 그것은 잘못된 생각이라는 점에 대해 거듭 설명했었다. 보편적인 객관성을 거치지 않는 개성이란 애당초 없기 때문이다. 세계적으로 인정받고 객관적인 가치가 정해진 명작을 거친 후 비로소 개성적이고 독창적인 감상의 자유가 건강하게 성장할 수 있다. 아울러 이런 명작들을 우선 읽는 것은 권장하지만, 그 이외의 책들을 읽지 말라는 소리가 아니다. 아무도 그런 말을 하지 않을 것이며 그런 일이 가능하지도 않다.

　명작이라 해도 모든 작품을 즐겁게 읽을 수만은 없다. 그럴 경우, 무리하게 읽지 말고 일단 잠깐 중지하는 편이 낫다. 그렇다고 해당 작품을 완전히 내팽개치면 안 된다. 분명 커다란 즐거움 하나를 놓치는 셈이 될 것이기 때문이다. 세계 여러 나라 사람들이 즐겨 읽어 명작으로 간주되고 있는 이상, 해당 작품에는 반드시 뛰어난 무엇인가가 있을 것이다. 다른 시기에 다시 읽어보는 노고를 아껴서는 안 된다. 어째서 이토록 재미있는 책이라는 사실을 이제야 알게 되었는지에 대해 의아해할 날이 분명 올 것이다. 이런 명작들을 음미해두는 것은 그 자체로 즐거움일 뿐만 아니라 감사하기 그지없는 부작용을 동반한다. 훌륭한 요리를 먹는 데 익숙해지면 맛없는 식사가 싫어지는 것처럼 작품을 보는 안목이 생겨나면 저속한 소설은 자연스럽게 싫어져 멀리하게 된다. 그런데 이 비유는 사실 정확하지 않다. 고급 요리로 입이 호사를 누리면 가정 경제가 피폐해지지만, 소설이라면 톨스토이든 엉터리 소설이든 책값에 큰 차이가 없다. 오히려 명작일수록 가격이 저렴할 정도이니 요리의 경우와 같은 위험성은 더더욱 없다.

물론 앞서 언급했던 것처럼 이런 리스트에 따라 소설 역사상 걸작들을 읽는다는 것은 그 이외의 작품을 읽지 말라는 소리가 결코 아니다. 이 리스트는 한 사람당 한 작품이라는 형식을 취하고 있지만, 이것은 애당초 무리한 이야기다. 발자크의 『인간희극』 90여 편을 전부 읽을 수야 없겠지만 『사촌 베트』 『고리오 영감』 『외제니 그랑데』 『절대의 탐구』 등의 걸작 중에서 하나만 고르고 다른 것은 버려야 한다는 것은 무척이나 괴로운 일이다. 그렇다고 그 모든 것을 선택하면 리스트는 무턱대고 많아질 것이다. 결국 내 취향에 따라 골랐다. 아울러 앙드레 지드가 『인간희극』을 읽는다면 모조리 읽어야 하지만, 굳이 하나만 고른다면 『사촌 베트』를 읽어야 한다고 했던 말이 생각났기 때문이기도 하다. 다른 위대한 소설가 경우도 마찬가지다. 따라서 독자는 어떤 한 작품에 감동했다면 그 작가의 다른 작품도 읽으면 좋을 것이다. 아울러 문학 연구에 뜻이 있는 사람이라면 위대한 어떤 예술가의 모든 작품을 안다는 것은 그 작가 개인뿐만 아니라 문학 전반을 이해하는 데 가장 탁월한 방법 중 하나라는 사실을 덧붙여두고 싶다.

일반적으로 이런 리스트에는 **현대 작품은 포함되지 않는** 것이 보통이다. 만약 리스트에 나온 작품을 탐독하는 것에 만족해서 그 이외, 혹은 이후의 소설을 읽지 않는 사람이 있다면 그 사람은 소설사 연구자일지는 모르겠으나 결코 문학을 진정으로 좋아하는 사람, 소설의 애독자라고는 할 수 없다. 다시 요리를 예로 든다면, 진정으로 건강한 정신과 위장을 가진 사람이라면 내로라하는 고급음식점에서만 먹지 않고 길모퉁이에 있는 작은 국수 가게 문턱을 선뜻 넘어보거나 새로 문을 연 음식점에서 맛을 한번 보고 싶다는 욕구를 반드시 갖기 마련이다. 문학을 올바르게 음미하기 위한 첫 번째 근본 조건인 인생에 대한 강렬한 흥미나 관심interest을 가진 건강한 사회인이라면, 자신들이 사는 이 현대의 소설들을 분명 읽고 싶어질 것이다. 현대의 작품은 평가가 유동적인 상태이므로 검증되지 않은 것을 읽어버릴 위험은 항상 존재한다. 때문에, 현대소설을 읽는 것은 하나의 모험이다. 그렇지만 인생에서 모험심을 없애는 것이 인생을 허약하게 만드는 것과 마찬가지로, 이런 모험적 독서를 금지하는 것은 문학을 향한 마음을 허약하게 만든다. 고전을 읽고 현대문학을 읽지 말라는 학자 선생님들의 노파심은 적당히 흘려듣는 편이 낫다. 항상 참신함을 추구하는 소설의 경우는 특히 그러하다. 평가가 유동적인 현대문학이야말로 독자의 감상력에 대한 시금석이라고 할 수 있다. 신간 소설의 장단점을 구별해낼 수 없다면 소설을 진정으로 읽을 수 없는 상태이다. 물론 소설을 감상할 수 있는 안목을 키울 가장 좋은 방법 중 하나가 고전 명작을 접하는 것이지만, 1장과 2장에서 언급했던 것도 어쩌면 참고가 될 것이다. 고전 명작을 아는 것과 동시에 현재의 인생, 사회에 관한 애정을 가지고 올바른 흥미나 관심interest을 잃지 않는 것이 모든 작품 감상의 근본이라는 사실을 잊어서는 안 된다. 고전 걸작의 외형만 기억했다가 그것을 잣대 삼아 사회 상황과 인간의 삶의 방식이 바뀐 새로운 시대의 작품을 가늠하고 치수에 맞지 않으므로 틀렸다고 판단해 버리는 수구주의에 빠져서는 안 된다.

하지만 감상을 위한 진정한 안목을 가진다는 것은 누구에게나 제법 곤란하다. 그것을 도와주는 것으로 비평이 있다. 물론 비평 중에는 그 자체가 예술작품이며, 비평의 대상으로 삼고 있는 문학작품의 내용이나 의의보다는 비평가의 주장을 논하려는 의도가 강한 것도 있을 수 있는데 일본의 경우 그런 비평이 너무 많다. 일반인에게 더더욱 필요한 비평은 비평가가 본인을 사회인의 대표라고 생각하고 비평의 대상으로 삼는 문학작품을 가능한 한 객관적으로 분석한 후 그 작품이 사람들에게 전달해줄 수 있는 흥미나 관심interest을 고려해 현대에서의 의의를 명백히 밝히는 비평이다. 일본 문단의 경우, 기존의 비평보다는 오히려 바람직한 의미에서 '북 리뷰(서평)'에 가까울 것이다. 기성 비평가들은 그런 형태의 비평이라면 자신들의 개성을 발휘할 방법이 없다고 말할지도 모른다. 하지만 이런 작업을 통해 비로소 비평가의 사상이나 교양의 깊이가 확연히 드러나기 마련이다.

그것이 결코 하찮은 일이 아니라는 사실은 서양의 뛰어난 잡지나 신문의 해당 부분을 일류의 비평가가 도맡아 쓰고 있다는 점을 보아도 명백하다. 일본에서도 그런 문학 서평이 확립될 것을 여러분과 함께 요구하고자 한다. 강한 요구가 있으면 반드시 생겨날 것이다. 문학청년에게만 흥미를 느끼며 자기 혼자만 납득해버리는 난해한 비평이 사회인 대상의 잡지에서 상당한 지면을 차지하고 있다. 문학이 진정으로 사회화하고 있지 않은 증거라고 할 수 있다.

요약

어떤 문학을, 어떻게 읽으면 좋을까. 이런 제목을 발견하고 반감을 일으킬 사람이 있을지도 모르지만, 만약 그렇다면 일본의 기존 문학관에 여전히 얽매어있기 때문이다. 이는 일본 전통의 '세상을 등진 사람'이란 관념에 '예술을 위한 예술'이 야합해서 만들어진 문학관이다. 메이지시대 이후에 여전히 남아 있던 일본 사회의 반봉건성이 이런 사고방식을 한층 강화하고 일반화시켰다.

'예술을 위한 예술'은 19세기 유럽에서 데모크라시와 공업주의에 대한 반동으로 생겨났다. 예술작품 평가에서 예술 바깥의 기준을 배제하려는 주장은 일단 바람직하지만, 인생과 관련된 기준조차 배제하려 한다면 결국 오류일 것이다. 예술은 인생과 관련된 흥미나 관심 interest에서 출발한, 인생과 관련된 경험일 수밖에 없기 때문이다. 종래의 몰사회적 문학관 측면에서 보자면 문학과 교육의 연계라는 것은 난센스라고 간주할지도 모르지만, 작품이 일단 활자화되면 사회에서 하나의 객관적 '대상'이 된다. 사회는 사회라는 입장에서 이것을 처리해도 좋다는 말이다. 이런 측면에서 인간 형성에 도움을 줄 수 있는 문학(에 의한) 교육이라는 개념이 당연히 고려되어야 마땅하다. 선진국에서는 진즉에 이미 실행하는 상황이다. 하지만 문학교육에서 교육이라는 단어를 교화라는 협소한 의미로 파악해서는 안 된다. 당연히 문학의 본질에 관한 깊은 이해를 전제로 하기 때문이다.

문학의 여러 장르 중에서 희곡과 시에는 다양한 약속이 담겨있어서 희곡과 시를 충분히 음미하기 위해서는 예비적 지식이나 체험이 필요하다. 이에 따라 이 책에서는 근대문학의 대표적인 장르인 소설에 대해서만 언급했다.

18세기에 발생한 근대소설은 '이야기'와 차이가 있다. 자유의지의 지배하에서 일상을 묘사한 것이며 시민계급의 문학으로 특별한 교양과 약속을 전제로 하지 않는 자유예술이었다(생산자와 소비자가 구별되는 점도 특징이다). 하지만 이 장르도 이미 200년의 역사를 가지고 있어서 이에 대해 정확한 이해하기 위해서는 역시 고전 명작을 읽어볼 필요가 있다. 이때 문학필독서 선정이라는 문제가 발생한다.

국민의 문학 교양에서 '공통적인 것'이 얼마나 필요한지는 굳이 설명이 불필요할 정도다. 아울러 보편성을 확보하지 않은 독자성이란 있을 수 없다. 그런 의미에서 독서 기준화는 오늘날 일본이 당면하고 있는 가장 중요한 작업이라고 생각된다. 해당 작업에 관한 하나의 시도로 '세계 근대소설 50선'을 작성해 보았다. 명작을 읽는 것은 그 자체로도 매우 즐겁지만, 자연스럽게 저속한 문학을 멀리할 수 있다는 바람직한 부작용도 수반된다. 물론 그렇다고 오로지 옛것만 숭상하는 상고주의에 빠져서는 안 된다. 현대문학에 대한 흥미나 관심

interest을 가지지 않은 사람은 과거의 문학도 이해할 수 없기 때문이다. 하지만 현대작품에 관한 판단은 어려운 일이기 때문에 사회인 입장에 선 객관적인 비평 발달이 바람직하다.

5장
『안나 카레니나』 독서회

독서회를 여는 이유

K 『문학이란 무엇인가』라는 제목의 이 책을 4장까지 쓰고 난 후 여러분들에게 초고를 읽어주십사 부탁을 드렸습니다. 설명이 추상적이어서 이해가 잘 가지 않는 부분이 있다는 의견을 주신 분이 계셨고, 아울러 편집부에서도 요청이 있었습니다. 이 시점에서 좀 더 구체적인 것, 요컨대 특정 소설을 소재로 여러분들과 이야기를 나누어보면 어떨까 하는 생각이 들더군요. 그래서 급히 한번 모여주십사 요청을 드렸는데 연말연시 바쁘신 와중에 이렇게 자리를 함께해주셔서 뭐라고 감사 인사를 드려야 할지 모르겠습니다. 그럼 바로 이야기를 시작하도록 하겠습니다.

함께 다루어볼 책은 톨스토이의 『안나 카레니나』로 나카무라 도루中村融 씨가 번역해주신 책입니다. 도스토옙스키도 완벽한 예술작품이라고 격찬하며 유럽 문학 중 『안나 카레니나』에 필적할 만한 작품은 없을 거라고 말했었지요. 얼마 전 시가 나오야 씨를 찾아뵈었는데 '근대소설의 교과서'라고 해도 좋을 정도라고 하시더군요. 함께 살펴볼 책으로 『안나 카레니나』를 선택했다는 사실에 여러분들도 수긍해주시리라 생각합니다. 『안나 카레니나』로 결정한 또 하나의 이유는 제가 러시아에 대해서는 문학이든 사회 방면이든 지금까지 공부해본 적이 거의 없었기 때문입니다. 톨스토이라는 작가에 대해서도 마찬가지입니다. 저의 무지함을 자랑하려는 것이 아니라 4장에서 말씀드린 대로 근대소설이라는 것은 역사적 지식이나 해당 국가의 고전적 지식이 없어도 직접 부딪혀보면서 이해하고 음미해야 한다는 원칙 때문입니다. 따라서 불문학자인 저로서는 『적과 흑』 같은 작품을 대상으로 하면 훨씬 수월합니다만, 여러분들과 단계가 너무 달라서 재미가 없을 겁니다(실례가 될 수도 있는 표현이군요). 그래서 여러분들과 대등한 입장에서 러시아 작품을 선택했습니다. 요컨대 모두가 똑같이 극히 평범한 한 사람의 독자라는 입장에서 이야기를 나누어보고 싶다는 생각입니다. 시간이 매우 제한되어 있으므로 아무쪼록 기탄없이 발언해주시길 부탁드립니다. 에이A 씨, 어떠십니까.

번역을 통한 문학작품 감상

A 직접적 관련이 없을지도 모르겠으나, 이런 세계적 명

작을 번역된 것으로 연구해도 좋을까요?

K 연구라는 표현을 쓰셨네요. 톨스토이에 대해 전문적으로 연구하려는 사람이 러시아어를 배우지 않는다면 우스꽝스러운 이야기가 되겠지요. 하지만 전문적인 연구가 아니라 일반교양이라면 어떨까요. 세계적인 명작이기 때문에 오히려 번역으로도 충분히 감상할 수 있지 않을까요. 번역되어 가치가 없어질 작품이라면 애당초 변변치 않은 작품이었을 것이라고 스탕달이 말했었지요. 스탕달다운 대담한 발언이었다고 할 수 있겠습니다. 그의 입장에서는 정확한 표현일 것입니다. 왜냐하면 그의 머릿속에는 산문에 관한 생각밖에 없었기 때문이지요. 산문은 알랭의 지적처럼 사상에 의해 성립됩니다(이 경우 사상이란 칸트Immanuel Kant의 사상, 혹은 마르크스Karl Marx의 사상 등을 표현할 때의 '사상'이 아닙니다. 어떤 '그럴듯한 이치'라고 표현해버리면 좋지 않은 의미가 되겠지만 사물과 사물과의 관계, 인간이 어떤 대상에 대해 생각한다는 정도의 의미일 것입니다. 자세한 이야기를 할 겨를이 없으므로 이 점에 대해서는 제가 번역한 알랭의 『예술논집』 제3권과 제10권을 읽어주시길 바랍니다). 한편 시를 지탱하는 것은 바로 운율입니다. 그런데 운율은 각국의 언어마다 특유의 운율이 존재하기 때문에 외국

어로 번역해버리면 순식간에 사라져버립니다. 따라서 예를 들어 말라르메(프랑스 상징주의를 대표하는 시인-역주) 연구회를 번역서로 진행하려고 한다면 그야말로 우스꽝스러운 노릇이겠지요. 하지만 산문으로 창작된 소설은 외국어로 번역되어도 어느 정도 음미할 수 있습니다. 예를 들어 원인에서 결과로 이어지는 것들은 절대 사라지지 않기 때문입니다. 물론 번역만으로 충분하다고는 말할 수 없겠으나 90퍼센트 정도는 음미할 수 있습니다. 90퍼센트 정도면 곤란하다고 말씀하실지 모르겠습니다. 하지만 일본인들조차 『겐지모노가타리』를 원문으로 읽는다면 80퍼센트도 이해하기 어려울 것입니다. 100점짜리 명작을 번역서로 읽어 90점인 것과 예를 들어 70점밖에 안 되는 변변치 않은 작품을 원문으로 읽어 완벽히 이해해도 70점이라면, 과연 어느 쪽이 더 득이라고 할 수 있을까요.

A 사상적인 소설이라면 그렇겠지만, 그래도 소설에는 다양한 묘사가 나옵니다. 집이라든가 배경으로 나온 기물이라든가 옷의 문양이라든가, 그런 것들이 번역으로 충분하게 이해될까요?

B 그보다 언어의 감각적인 측면, 말로 설명하기 힘든 언

어의 질감이나 향기 같은 것은요?

K 말이라는 수단을 통해 대상을 충분히 묘사해내려는 것은 애당초 무리한 시도입니다. 하지만 근대소설은 리얼리즘에 입각해 창작됩니다. 리얼리즘은 사물을 눈에 보이는 것처럼 묘사하기보다는 오히려 그런 대상을 마치 본 것처럼 의식하게 만들어주는 방법이라고 말할 수 있을 겁니다. 또한 개개의 사물을 직접 드러내기보다는 그런 사물을 다른 사물, 혹은 인물과의 관계를 통해 나타내기 때문에 외국어로 번역되어도 그 관계는 이해가 잘 될 수 있습니다. 그것으로 충분하지요. 이즈미 교카의 소설을 러시아어로 번역한다고 이해가 되지 않는 것은 아닙니다. 마찬가지로 톨스토이의 작품을 일본어로 번역했다고 그 가치가 저하되지는 않을 겁니다. 본격적인 근대소설가라면 일본의 몇몇 작가들처럼 가옥이나 기모노의 자잘한 문양 따위의 특수성에 작품의 근간을 두지는 않습니다. 발자크도 집 모양 같은 것을 세밀히 묘사하고 있지만, 그 이유는 역시 인물의 행동이 행해지는 장소를 묘사할 의도 때문이었습니다. 예컨대 집이라는 것을 언어를 통해 어디까지 표현할 수 있는지에 중점이 놓이지는 않습니다. 주지하고 계신 것처럼 현대

에 들어오면 앙드레 말로도 그렇고 사르트르도 그렇듯이, 집이나 옷에 대한 묘사는 전혀 없습니다. 얼굴에 관해서는 비교적 상세한 묘사가 보이지만요.

예를 들어 이와나미서점의 문고판 5권 99쪽(이하 모두 이 문고판에 따라 '5·99'라는 식으로 나타냄)를 읽어주십시오. 폐병으로 숨을 거둔 니콜라이가 누워있는 여관, 병실, 침대는 어떻습니까? 그 모든 것들의 존재가 우리에게 생생하게 느껴지긴 하지만 외형적으로는 조금도 명료하지 않습니다. 모든 것들은 그곳을 방문한 부유한 인물, 하지만 다정한 마음을 가진 레빈과 키티의 의식과 행동의 관계에 의해서만 포착되고 있을 뿐입니다. 이것이 번역이라는 이유로 과연 얼마나 마이너스가 되었을까요. 저는 러시아어를 모르지만 아마도 매우 미세한 마이너스에 불과하리라고 믿습니다. 여관이나 침대를 단 한 번도 본 적 없는 사람이라면 조금 곤란할지도 모르겠습니다. 그렇지만 이 장면에서 일본과 러시아의 차이는 대단한 문제가 아닐 것입니다. 중요한 사실은 죽어가는 형을 지켜보는 동생 부부 마음의 움직임입니다. 그 마음은 우리와 똑같은 마음이겠습니다.

언어의 질감이나 향기라는 말씀을 해주셨는데 그런 것

들은 왕조적 문장, 요컨대 시적인 요소를 다분히 남기고 있는 산문에서는 중요한 요소이겠지만, 근대소설이라는 존재는 애당초 세속적이고 태생적으로 우아하지 못하기 때문에 고상한 단어나 표현, 요컨대 고전적인 언어의 미적 감각에 따르지 않습니다. 누구라도 아는 간단한 언어를 조합시켜 고도의 사상을 구현해내려는 것이 민중을 기반으로 한 근대문학의 정신입니다. 다니자키 준이치로의 『아시카리蘆刈』 따위와 이런 문장은 근본적으로 다를 것입니다.

"레빈은 소나 가축들의 축사에 있었을 때도 즐거웠지만 들에 나가면 더욱 즐거워졌다. 준마의 빠른 발걸음에 규칙적으로 몸이 흔들리며 눈과 대기의 상쾌함을 머금은 따스한 향내를 들이마시며 그는 숲속으로 향한다. 아직 잔설이 남아 있어 여기저기 발자국이 찍혀 있는 눈길을 밟아가고 있노라면, 가지 사이에서 이끼가 되살아나거나 싹을 틔우고 있는 자신의 내면 속 나무 한 그루 한 그루에서 기쁨을 느꼈다."(2·79)

이 부분은 대지주이자 도시의 문화주의에 부정적인 레빈이 자신의 영지를 둘러보았을 때를 묘사한 장면입니다. 난해한 단어는 전혀 나오지 않고 있습니다. 평민

들도 충분히 이해할 수 있는 단어들뿐입니다. 그럼에도 대자연에서 되살아나는 봄의 환희가 적확하면서도 고고하게 표현되고 있습니다. 이런 초봄의 숲은 저 너머로 차갑게 보이는 화면 같은 것이 아니라 강한 관심 interest을 불러와, 요컨대 우리에게도 만약 말이 있다면 말 위에 올라타 레빈과 함께 달려보고 싶다는 생각이 들도록 묘사되고 있습니다. 설령 그 나무들이 자신의 소유는 아닐지라도 분명 기쁨의 시선을 던졌음에 틀림없다는 생각이 들게 합니다. 이 표현에는 언어의 '질감'이나 '향기'처럼 우리와 자연을 갈라놓는 것이 없습니다. 만약 있다면 오히려 우리가 없애버리고 싶다고 생각하겠지요. 희대의 명문이지만 그 아름다움은 하나하나의 단어에 의한 것이 아니라 평범한 일상어를 나열함으로써 만들어진 것입니다. 문장의 아름다움을 이런 식으로 생각해주신다면 번역서를 가지고 소설의 아름다움, 흥미로움을 논해도 큰 지장이 없다는 말이 되겠지요. 번역을 통한 감상의 문제는 이 정도에서 일단 마치기로 하겠습니다.

C 번역 문제는 아니지만 러시아 소설은 아무래도 이름이 몇 가지나 되어서 감당이 안 되는데요.

K 지당하신 말씀입니다. 저도 감당이 되지 않더군요. 콘스탄틴 드미트리예비치가 레빈인데, 동시에 코스차라는 이름도 나옵니다. 아마도 러시아 사회가 아직 데모크라시가 확립되지 않았던 탓이지 않을까요. 발생의 의미가 약간 다르지만, 중국에서도 두보杜甫·두자미杜子美(두보의 자는 자미-역주)·두소릉杜少陵(조상의 출생지를 딴 이름-역주)·두공부杜工部(관직 명칭을 딴 이름-역주)가 모두 같은 사람이기 때문에 쉽지 않은 것과 마찬가지지요. 친절한 출판사라면 앞으로 인명 목록을 달아주었으면 좋겠는데, 일단 인내해주시길 바랍니다. 그러면 소설 자체에 대한 논의를 시작하기로 합시다.

본질보다 존재를

B 이 소설은 근대인의 '영혼과 육체의 결정적 대립'이라는 문제를 다루고 있습니다. 톨스토이에게는 전환점이 된 작품입니다. 이후『참회록』을 쓰면서 이른바 영혼의 입장에 서게 된다고 생각하는데, 어떠신지요?

K 집필 당시 그의 내면에서 영혼과 육체가 치열하게 겨루고 있었다는 사실은 인정해야 합니다. 집필 과정이

몇 번이나 중단되었다는 사실은 그런 실정을 잘 드러 낸다고 할 수 있을 겁니다. 하지만 그의 내면에서 영혼 과 육체의 대결은 아마도 그 이전부터 존재했을 것입 니다. 『전쟁과 평화』를 집필할 때도 마찬가지였겠지요. 그 경향이 이 무렵 한층 심해진 것으로 보입니다. 요컨 대 그가 가진 다양한 관심interest의 균형이 조화를 잃어 갔던 것입니다. 때문에, 그는 괴로워하면서도 이 작품 을 완성해야 했습니다. 그는 기초ABC를 어떻게 가르쳐 야 할지에 대해 교육학회 토론에 자진해서 나가는 등 실천적 행동에 나섰습니다. 예술에 앞서 인생에 대해 직접적 행동을 할 수밖에 없는 강렬한 흥미interest를 가 지고 있었던 것입니다. 그렇지만 그는 역시 예술을 완 성한다는 경험을 통해서만 스스로 모순된 여러 관심 interest의 조화(결국 일시적인 조화에 불과하지만)를 발견할 수 있었던 것으로 여겨집니다. 23년 후 『부활』을 집필할 무렵이 되면 관심interest은 강하지만 조화가 무너지는 경우는 적어집니다. 때문에, 소설로서의 완성도는 떨 어진다고 생각합니다.

아울러 이 소설에는 서로 대립하는 두 가지가 항상 존 재합니다. 예를 들어 안나와 브론스키의 연예와 키티와 레빈의 결혼, 도회지의 사교 생활과 자연에서의 전원생활이 그렇습니다. 좀 더 구체적인 장면으로 치자면 죽음에 사로잡혀가는 안나를 묘사하면서도 미차의 탄생을 그려내고 있습니다. 이런 방식은 독자들이 지치지 않게 해주는 데 매우 효과적입니다. 대중문학다운 수법이라고 할 수 있을지도 모르지만, 이것을 영혼과 육체의 추상적 관념의 대립이라고 보는 것은 과연 어떨까요. 지나치게 형이상학적이지 않을까요.

A 하지만 선생님께서는 근대문학에는 사상성이 필요하다고 항상 말씀하시지 않았나요?

K 물론이죠. 사상이 없는 근대문학은 존재하지 않습니다.

B 그렇다면 『안나 카레니나』를 사상적으로 논해도 좋지 않을까요? 논해야 하지 않을까요?

K 그렇습니다. 그렇지만 어디까지나 『안나 카레니나』를 통해, 『안나 카레니나』의 사상을 논해야 하겠지요. 이 작품의 외부에서 발견한 사상이나 명제를 작품 안으로 끌고 들어온다면······.

B 설마 그럴 리가요······.

K 맞습니다. 다짜고짜 작품의 에센스(본질)로서의 사상을 추구하기보다는 실제로 거기에 있는, 요컨대 실제로

존재하는 작품 안에 있는 사상을 파악해야 합니다. 다시 말해 작품 속의 이념으로서의 사상이 작품 속의 관심사interest에 의해 이끌려진 경험이 바로 작품입니다. 그 경험을 다시 경험하는 것밖에는 사상을 포착할 수 있는 길이 없습니다. 처음부터 이치만 따진다면 소설을 읽는 즐거움이 전혀 없을 것입니다. 소설은 일단 있는 그대로, 연이어 나오는 장면들을 우리의 감각과 이성으로, 요컨대 살아있는 우리의 몸 전체로 받아들여야 합니다.

레빈이 영혼이라는 문제로 괴로워하는 대목을 읽을 때와 같은 태도로 브론스키가 안나의 손에 입을 맞추는 부분을 읽습니다. 물론 장면의 강약과 읽는 사람의 관심사interest에 따라 해당 장면에서 얻는 효과의 강도가 달라질 수 있습니다. 이 모든 장면에 접하는 마음가짐은 항상 동일합니다. 이런 식으로 작품의 끝까지 읽었을 경우 형이상학적인 의미를 생각해도 무방합니다. 설령 그런 생각이 떠오르지 않는다고 해도 그것은 그것대로 괜찮습니다. 어쨌든 우리는 하나의 커다란 경험을 틀림없이 거쳤을 테니까요. 비록 어떤 명제로 요약할 수 없다고 해도 경험의 가치가 사라지지는 않을 것입니다. 물론 비평가들은 훗날 작품의 사상에 대해 요약해주겠지요. 하지만 문학사에서 정리해준 사상의 틀 안에서 작품을 읽으려는 것은 애석한 일입니다. 우리가 문학사에 대해 전문가 의견을 훨씬 뛰어넘을 수 있다는 의미가 전혀 아닙니다. 틀 안에서 끝날지도 모르지만, 뜻은 모름지기 원대해야겠지요.

묘사 문체의 감상

C 대략 이해가 되었습니다. 사상에 대해서는 일단 접어두고 본문부터 읽어보도록 합시다. 사상이야 어디에든 있겠지만 이토록 풍요롭고 건강하고 구체적인 서술 방식은 동양 문학에서 좀처럼 찾아보기 어려운……

B 사상도 어디에든 있는 것은 아니겠지요!

K 잠시 기다려주셔요. 일단은 본문과 사상에 주목하면서 천천히 나아가보도록 합시다. 물론 모든 페이지를 찬찬히 볼 수는 없으니 적당한 대목을 보도록 합시다. C씨, 어디가 좋을까요?

C 안나와 브론스키의 첫 만남이 묘사된 장면입니다. 장소는 페테르부르크를 출발해 모스크바역에 도착한 열

차 안입니다. 브론스키는 어머니를 마중 나옵니다. 안나는 오빠인 스테판 아르카디이치(=오블론스키=스티바)가 가정교사 여성과 부적절한 관계를 맺는 바람에 아내 돌리와 부부싸움을 시작했기 때문에, 그것을 중재하러 모스크바에 온 상황입니다. 브론스키 백작부인과는 우연히 같은 객실에 있었습니다. 자신의 어머니가 있는 객실로 들어가려던 브론스키가 어느 미지의 여성과 운명적으로 만나는 장면입니다.

"사교계에 속한 인간이 지닌 감으로, 부인의 자태를 한번 언뜻 보기만 했을 뿐인데도 브론스키는 단박에 그녀가 상류사회에 속한 사람임을 짐작할 수 있었다. 그는 가볍게 목례를 하고 객실로 들어가려고 했으나, 다시 한번 그녀를 보아야 한다는 사실을 강렬히 느꼈다. 그녀가 다시없는 미인이었기 때문이 아니다. 자태 전체에 풍기는 세련된 느낌이나 다소곳한 우아함 때문도 아니다. 그의 곁을 스쳐 지나갔을 때 그녀가 언뜻 보였던 반듯한 이목구비의 어딘가에, 그 표정 어딘가에 달콤하게 성큼 다가오는 요염함이 있었기 때문이다. 그가 돌아보았을 때 그녀 역시 이쪽으로 고개를 돌렸다. 짙은 속눈썹 탓에 자칫 탁하게 보이는 회색 눈동자는 마치 그가 누구인지 알아차리고 있다는 듯 다정하게 이쪽으로 쏟아져 내린다. 하지만 이내 다시 누군가를 찾고 있는 듯 다가오는 사람들의 무리 속으로 옮겨갔다. 잠깐의 그 시선을 통해 브론스키는 그녀 내면에 깊이 감추어진 생기가 그녀의 얼굴 전체에서 분출되며, 그 빛나는 눈동자와 살포시 짓는 미소로 실그러진 붉은 입술 사이에서 언뜻 보인다는 사실을 알아차릴 수 있었다. 차고도 넘치는 어떤 것이 그녀의 몸속에서 흘러나와 눈동자의 반짝임이나 미소 속에 자연스럽게 나타나고 있는 것만 같았다. 그녀는 애써 눈동자의 광채를 거두려 했지만 반짝거리는 그 빛은 그녀의 의지와 무관하게 엷은 미소 속에서 빛나고 있었다.”(1·117)

K 좋군요. 실은 저도 같이 살펴보고 싶다고 생각하던 대목입니다. 이런 부분을 읽고 있노라면 문학의 기쁨이 인생의 기쁨으로 이어진다는 사실을 절감하게 됩니다. 명문입니다. 동어반복 따위는 더는 문제가 되지 않습니다. “반짝임”과 비슷한 단어가 몇 번이나 나오는데 오히려 효과를 거두고 있다는 생각마저 드네요. 남성이 안나에게 끌렸던 이유는 미인이어서도, 세련됨이나 다소곳함 때문도 아니었다고 적혀 있습니다. 하지만 사

실 안나는 화려하고 심지어 우아한, 엄청난 미인임이 분명하다는 인상을 받게 됩니다. 부정 표현을 사용하는 방식이 참으로 효과적이군요.

C 실로 훌륭한 문장이라는 생각이 듭니다. 글의 내용은 화려하지만, 글을 쓰는 방식 자체는 오히려 소박하고 풍요롭습니다. 그야말로 민중적인 건강함이 느껴집니다. 아마도 러시아에서는 푸시킨 시대까지 제대로 된 산문 예술 전통이 없었기 때문일 겁니다. 산문 예술이 성립된 후 머지않아 이 소설이 나오게 되지요. 그 간격이 그다지 길지 않습니다. 때문에, 기존까지 표현되지 못했던 러시아 민중 에너지가 이런 소설가들을 통해 세상에 분출되게 되었겠지요. 문학혁명 이후 중국 문학에도 그런 측면이 느껴집니다. 하지만 현대 일본 문학에는 이런 민중의 에너지 같은 것이 도무지 느껴지지 않습니다. 오히려 톨스토이의 문장을 통해 느끼게 되는데, 여러분들은 어떠신지요.

K 난처하네요. 러시아 문학사라도 뒤져봐야겠군요. 뭐라고 언급해야 좋을지 모르겠습니다. 하지만 어떤 심정으로 하신 말씀인지는 저도 잘 이해되고 공감이 가는군요. 전통적으로 의미가 한정된 표현을 사용해서 간략

히 쓰지 않고, 일단 최대한 할 수 있는 말을 다 하려고 하는 거지요. 그럴 경우, 사용 표현은 자신이 현재 쓰고 있는 말들로 충분하다는 정신이 톨스토이의 문장에 드러나 있습니다. 민중적이라는 말로 표현해도 좋을 것입니다. 전통적 서체를 쓰지 않으면 자신의 예술이 훼손되리라고 생각한 일본 문사文士의 정신과 정반대라는 느낌이 드네요. 생략하려는 마음이 없는 대목도 일본 문학과 다른 점이네요.

묘사와 추상

A 인간의 육체를 묘사하는 방면에서 톨스토이를 능가할 사람은 없다는데요, 분명 여기서도 늠름한 육체성이 보이네요.

K 정말 그렇습니다. 하지만 그 육체성이라는 것이 육체 자체를 세밀하게 묘사해낸다는 의미가 아니라, 요컨대 회화나 영화, 혹은 그야말로 최근에 나타난 육체 묘사가 아니라, 문학으로 독자에게 육체의 존재를 의식시킨다는 말이겠지요. 앞서 읽었던 대목에서도 우리는 마치 안나와 스쳐 지나간 것 같은 느낌이 들지만, 이 미인

의 회색 눈동자 이외에는 아무것도 알지 못합니다. 머리카락이 금발인지 갈색인지, 어떤 의상을 걸쳤고 어떤 소지품을 들었는지 알 수 없습니다. 하지만 그것으로 충분하지요. 안나가 철도에서 자살하는 대목에서도 (6·186, 187), 그 시체가 거두어진 곳에서도(7·210, 211), 그녀의 표정 외에 외형적으로 무엇 하나 묘사되고 있지 않습니다. 그저 그녀가 손에 들고 있는 "작고 빨간 핸드백", 열차 바퀴 아래 치인 그녀의 모습이 너무도 어두워서, 빨간 핸드백처럼 우리의 초점을 맞출 수밖에 없는 물건 하나가 적혀 있을 뿐입니다. 그런데도 생기 넘친 안나는 물론 히스테리를 일으키는 안나 역시 우리 앞에 분명히 존재한다는 의미에서의 육체성이라고 표현했습니다.

C 요컨대 추상이지요. 조금 전 생략은 없다고 말씀하셨습니다만.

K 추상과 생략은 다르다고 생각합니다. 생략이란 에이 a, 비b, 시c, 디d라는 것이 있을 때 a와 c만 쓰고 b와 d는 쓰지 않는 것이지요. 이것들은 각각 별개라서 a와 c로 b를 대표하게 할 수는 없지만, 전통적으로 a와 c가 있으면 b도 있을 거라고 알아차리게 할 수는 있습니다.

그래도 어쨌든 잘라내 버리죠. 한편 추상이라는 것은 a, b, c, d를 대신해 a′라는 것을 제시해서 이 네 가지의 상호관계를 나타내지 않습니까. 문학은 애당초 현실에 존재하는 어떤 것과는 다른 '문자'로 구성되어 있으므로 필연적으로 추상적이 될 수밖에 없습니다. 그 점을 감안해도 다니자키 씨와 톨스토이는 달라도 너무 다르지요. 다니자키 씨가 묘사한 대상은 다채롭지만, 사물과 사물의 관계 파악이 부족합니다. 역시 사상의 연마를 얼마나 했는지에 달려 있다고 생각됩니다. 톨스토이 본인을 투영시켰다는 레빈은 플라톤, 스피노자, 칸트, 셸링Friedrich Wilhelm Joseph von Schelling, 헤겔Georg Wilhelm Friedrich Hegel, 쇼펜하우어Arthur Schopenhauer 등을 읽고 "철학자들이 준비한 언어의 덫에 일부러 빠져들기만 하면 어쩐지 서광을 발견한 기분도 들었지만", 실생활로 돌아오면 "인생에는 아무런 보탬이 되지 않았다"라는 말을 하며 철학의 체계를 "트럼프로 만든 집"에 비교했습니다(7·220, 223). 어쨌든 톨스토이는 일단 집을 만드는 방식을 배웠던 것이고, 하지만 그것만으로는 만족스럽지 않았던 것입니다. 트럼프 다발이 아니라 피와 살로 만들려고 했던 측면이 있습니다.

제가 말씀드린 사상성이라는 표현은 바로 그런 것입니다. 이런 문장은 결코 관찰만으로 생겨나지 않습니다. 다시 이야기가 이론적으로 되고 있네요. 그보다 이 문장에서 벗어나기 전에 이 부분이 고립된 장면이 아니라 오히려 전편에 걸친 골자라는 사실을……

앞뒤 조응의 문제

A 2페이지가 끝난 시점에서 브론스키의 어머니와 안나가 같은 객실에 있게 해준 사람이 안나의 남편 카레닌이 었다고 밝히는 대목이 있습니다. 요컨대 아내의 죄가 될 씨앗을 애당초 뿌린 사람은 바로 남편이었던 셈입니다. 이어 열차 사고로 죽은 사람이 등장하는데 이 장면은 안나가 훗날 역시 열차로 뛰어들어 자살하는 대목의 복선입니다. "흉조네요"(1·126)라는 안나의 대사가 중요합니다.

B 저는 약간 지나치게 픽션 같다는 느낌을 받습니다.

K 안나의 대사를 톨스토이가 미리 준비해놓았다고 생각하면(물론 사실관계를 따지면 결국 그런 말이 됩니다) 부자연스럽다는 생각도 들지요. 하지만 저는 소박한 독자의 한 사

람으로 그런 말을 현실 속에서 안나가 실제로 했을 거라고 받아들여 버립니다. 어째서 그런 말을 했을지도 생각해보지요. 아무리 생각해보아도 알 길이 없습니다. 카레닌의 귀가 어째서 뾰족한지, 아무리 생각해도 도무지 알 수 없는 것이나 마찬가지입니다. 그러나 인생에서 처음으로 사랑을 알게 될 여자, 심지어 열차에 치여 죽은 사람이라는 두려운 존재를 처음으로 목격하게 된 여자가 흥분 어린 심정에서 불쑥 자기도 모르게 흘려버린 이야기라 생각해도 전혀 부자연스럽지 않습니다. 그 말을 듣고 오빠가 "무슨 바보 같은 소리야!"라고 말하지요. 말투를 따라 하려고 하지는 않지만, 독자인 저도 별소리를 다 한다는 정도로 흘려듣습니다. 의미가 있었던 거라고 나중에야 느낄지 모르지만, 여기서는 그것으로 충분하고 그것이 올바른 파악 방식이라고 여겨집니다.

첫눈에 반한 감동적인 순간과 함께 그 사랑의 슬픈 결말과 비슷한 유형의 사건, 요컨대 열차에 치여 죽는다는 사실을 나란히 배치하는 것은 명백한 픽션입니다. 하지만 앞뒤가 조응되는 이런 구조가 이 소설의 앞부분과 뒷부분을 단단히 조이며 긴장감을 고조시키고 있습니다. 우리는 그 긴장감 안에 들어가 있으면 됩니다. 안나가 쇠바퀴 안으로 빨려 들어갈 때, 모스크바역 어딘가에서 언뜻 귀에 들렸던 "오히려 가장 편하게 죽는 방법일거야"라는 말이 의식 어딘가에서 되살아나고 있었을지도 모릅니다. 그런 식으로 생각하는 편이 재미있습니다. 소설을 읽어 내려가는 상황에서는 말이지요.

C 브론스키가 안나와 스쳐 지나간 후 객실 안에서 어머니가 "그건 그렇고 듣자 하니 아들아, ……더할 나위 없이 멋진 사랑이 진행 중이라며? 정말이지 잘 되었구나"라고 말하자, 그는 "무슨 말씀이신지 모르겠는걸요, 어머니"라고 "냉담하게 대답했다"(1·120)고 되어 있습니다. 한편 안나가 마차에 올라타자 안나의 오빠는 키티를 브론스키의 신붓감으로 생각하고 있다고 말합니다. 그러자 안나가 "그래요?"라고만 말한 뒤, "어쩐지 부질없는, 자신에게 걸리적거리는 뭔가를 마치 몸에서 떨쳐내려는 듯 고개를 흔들며……"라고 묘사된 대목이 나오지 않습니까? 이 두 가지 표현으로 가련한 키티는 이미 반쯤은 죽은 것이나 마찬가지입니다. 무도회 장면(1·147 이하)은 묘사라는 측면에서 그야말로 완벽한데, 말하자면 정거장에서의 이 짧은 두 가지 표현이 현실에서 어

떻게 전개되는지를 그린 것에 지나지 않습니다. 이 구조도 매우 훌륭하지요.

K 그렇군요. 사건이 항상 사실과 함께 질서 정연하게 발생하고 있는 것처럼 보이지만, 실은 사상이라는 질서에 따라 전개되고 있습니다. 이것이 바로 픽션이라는 것이지요. 사실은 외면할 수 있지만 사상은 눈을 질끈 감아도 사라지지 않습니다. 그래서 우리는 그야말로 감동에 휩싸이지 않을 수 없게 되는 것이고요.

너무 한 부분에만 몰입했던 것 같으니 이제 다른 장면을 살펴보고 싶은데, 마지막으로 한 가지만 더 지적하고 싶은 것이 있습니다. 앞서 인용한 부분은 안나의 내면에 무언가 충족되지 못한 생명력이 감추어져 있음을 나타내고 있습니다. 이것은 훗날 자신의 불륜을 남편에게 고백한 후 안나가 다음과 같이 확실히 표명하고 있습니다. "세상 사람들은 신앙심이 돈독하고 도덕적이며 청렴하고 총명한 사람이라고 말하지요. 하지만 내가 알고 있는 사실에 대해서는 알아차리지 못해요. 그이가 8년간 내 삶을 숨 막히게 했다는 사실, 나의 내면에 살고 있는 것을 모조리 질식시켜버렸다는 사실을 세상 사람들은 알지 못해요. 내가 애정을 필요로 하고 실제로 살아 숨 쉬는 여자였다는 사실을 한 번도 생각해준 적이 없다는 사실도요. 세상 사람들은 알지 못할 거여요"(3·105) 이런 절규가 이미 첫 장면 안나의 미소 속에 언뜻 빛나고 있었던 겁니다.

평범하기에 비범한 진실

B 이쯤에서 안나의 연애가 가진 의의라는 문제를 검토해 보면 어떨까요?

K 의의요?……도망칠 생각은 아니지만, 그런 전체적인 문제로 들어가기 전에 좀 더 지엽적인 사항에 대해 음미해보면 안될까요. 메레시콥스키Dmitrii Sergeevich Merezhkovskii가 멋지게 지적했던 것처럼 "너무나 평범한, 그리고 평범하기 때문에, 더더욱 의식의 빛에 비추어질 때 비범하게 보이는 것", 실은 이 소설은 그런 것들로 가득 차 있습니다. 그 점에 대해서는 여러분들께서도 이미 알아차리셨을 것입니다. 그것에 대해 이야기해볼까요? 어느 부분에서 시작해도 무방합니다.

B 저는 아주 사소한 부분이지만, 카레닌이 안나가 브론스키를 집으로 끌어들였다고 격론하는 부분에서 너무 빠

른 말투로 이야기하다 자기도 모르게 혀가 꼬여 "괴롭
히다"라는 표현을 "괴로이다"라고 잘못 발음했던 장면
이 생각납니다. 그것을 들은 안나가 갑자기 너무 우습
다는 생각을 합니다. "하지만 즉시 아무리 그래도 이런
순간에 우습다고 느끼는 것은 예의가 아니라고 생각했
다"(4·117)라는 부분에 매우 공감이 갑습니다. 왜냐하면
저도 학창 시절 술을 마시고 한밤중에 귀가했을 때 아
버지가 '이런 비상시국에 지금까지, 뭐냐!'라고 말했던
것이 생각났거든요. 아버지의 발음이 이상하지는 않았
지만, 술맛도 전혀 모르면서 진지하기 그지없었던 아버
지의 표정을 보고 있노라니 저도 모르게 웃음이 터져버
렸거든요. 안나처럼 도덕적으로 부끄러움을 느꼈던 것
은 아니지만, 그때는 고개가 숙어지더군요. 대수롭지
않은 일이지만 해당 부분을 읽고 있노라니 문득 그 옛
날 그 일이 갑자기 떠올라 공감하게 되었습니다. 이런
식으로 음미하는 것은 올바른 방식이라 할 수 없겠지
만, 어쨌든 그 부분이 매우 인상적이었습니다.

K 어떤 식으로 읽으면 안 된다는 방식은 없습니다. 전혀
　요. 오히려 그게 더 자연스럽지 않을까요? 인간이 어떤
　대상을 보거나 읽을 때는 축적된 과거의 경험을 바탕으

로 합니다. 때문에, 흥미interest도 발동하는 것이므로 **허심탄회**한 심정으로 어떤 대상을 본다면 그야말로 등사기에 불과할 것입니다. "마음 한가로이 남산을 바라보네悠然見南山"라는 표현만 해도 도연명陶淵明이 아무런 생각 없이 그저 바라만 보고 있다는 소리가 결코 아닙니다. 만약 '허심'의 상태였다면 남산 따위가 보였을 리 없습니다. 실제로 중국에서 도연명 이전에 자연에 대한 응시를 시로 표현한 문학가는 없었습니다. 가난한 집안에서 태어나 보잘것없는 하급 관료를 지냈지만, 그것마저 싫어져 그만두고 전원으로 돌아왔을 때, 과거의 이런저런 괴로운 경험들이 도연명으로 하여금 남산을 발견하게 했겠지요. '허심'이라는 단어가 무비판적으로 자연주의에 도입되었기 때문에 일본에서 좋은 문학이 태어나지 않았던 것입니다. 따라서 독자도 스스로 헛되게 하지 않는 독서를 해야 합니다. 물론 과거의 경험에만 머물러 있으면 새로운 경험이 생겨나지 않을 것입니다. 소설로 치자면 읽어도 경험이 되지 않겠지요. 그런 의미에서 있는 그대로 사건의 경과에 따라 읽어가는 것이 중요하다고 할 수 있을 뿐입니다.

A 제가 재미있다고 생각한 대목은 돌리가 마차를 타고

안나를 만나러 가는 도중에 활발한 평민 여자들을 만났던 장면입니다. 활기 넘치는 그녀들의 모습에 깊이 감동한 돌리가 "모두들 살아있네. 삶을 즐기고 있네"라고 생각하는 부분이지요. 나탈리든 안나든 조금 전 만난 평민 여성들이든, 자신을 뺀 모든 여성이 살아있다는 생각이 들지요. 안나의 불륜을 측은하게 생각하면서도 자기도 여성 편력의 남편을 버리고 애인을 찾아 새로운 삶을 사는 편이 좋았을지 모른다는 공상에 빠집니다. 그러자 문득 거울이 보고 싶어지지요(6·112). 우리 여자들의 심리를 아주 잘 포착하고 있는 탁월한 부분이라고 생각했습니다. 아울러 안나와 브론스키가 만나는 부분에서 두 사람은 끊임없이 "행복"이라는 단어를 사용합니다. 안나는 한 번에 3회, 브론스키는 6회까지 행복하다고 말하지요(6·120, 146). 실은 이 두 사람은 더할 나위 없이 불행하거든요(6·172). 이 부분도 매우 흥미롭다고 생각했는데, 안나의 연애에 관한 이야기는 나중에 하는 편이 나을까요?

C 저는 키티가 출산하는 장면이 매우 적절하게 표현되었다고 생각했습니다. 22시간의 진통 끝에 겨우 아이가 태어나죠. 산파의 손에 안긴 아가를 레빈이 바라

보는 장면이 나옵니다. 산파의 "능숙한 손안에서 어쩌면 인간 같은 존재의 생명이 마치 촛대 위의 불빛처럼 일렁이고 있었다. 여태까지 전혀 존재하지 않았던 것이지만, 이것 역시 자기를 위해 동일한 권리와 의의를 가지고 살아가며 자기와 비슷한 존재를 잉태해가리라."(7·88, 89)

다음 페이지는 이런 내용으로 이어집니다. "키티는 건강했고 고통은 비로소 끝이 났다. 그는 더할 나위 없이 행복했다. 그런 사실이 그에게도 이해가 되기 시작하자 그 때문에 더더욱 행복해졌다. 하지만 갓난아이는? 이 아이는 도대체 어디에서, 과연 무엇을 위해 나타났을까, 애당초 이 아이의 정체는 무엇일까? ……그에게는 그것이 도저히 이해되지 않았다. 그런 생각에 익숙해질 수도 없었다. 그에게는 그것이 무엇인가 불필요한 것, 여분의 것으로 여겨져 한동안 도저히 익숙해질 수 없었다." 심리적으로 정확한 표현일 뿐만 아니라 어쩐지 숭고한 느낌마저 드는 부분입니다. "인간적인 생물"이라는 부분의 동일한 권리, 동일한 의의, 비슷한 존재의 번식 등의 표현이 너무 좋습니다. 하지만 만약 일본인이라면 다소 쑥스럽고 거북해서 그런 식으로 쓰지는 않을 겁니다. 아마 생략하겠지요.

K 생략한다고 표현하는 게 맞을까요? 인간의 생명 존중에 대한 굳건한 사상이 없다면 일단 이런 소박하고 강렬한 표현이 나올 수 없었겠지요. 또한 자신에게 강렬한 사상이 없다면 다른 사람이 쓴 진정으로 인간답고 솔직한 표현도 그저 당연한 듯 여겨질 겁니다. 일본에서는 모든 것이 "당연하지"라는 한마디로 정리됩니다. 사상이 성장하지 않는 나라라는 생각이 들 때가 있습니다. "불필요한 것, 여분의 것"이라는 것도 참으로 정확한 표현입니다. 외형 묘사뿐만이 아니라 사상을 표현할 때도 정확성이나 적확성을 추구해야 한다고 생각합니다. 앞으로의 일본 문학은 말이지요.

여러분들도 말씀하셨기에 저도 한 말씀 드리지요. 레빈의 형인 니콜라이가 임종하던 장면입니다. 신앙이 없는 니콜라이가 그저 키티에게 기쁨을 줄 의도로 성유식(기름부음Anointing)을 행한다는 사실도 흥미롭지만, 그후 병자는 당장이라도 죽을 것 같은 상태이면서도 무려 사흘이나 버텨냅니다. 모두들 완전히 지쳐버리지요. "모두가 바라고 있던 것은 오로지 단 하나, 그가 최대한 빨리 죽어주는 것뿐이었다. 그러나 모두들 그런 바람을 마음속에 꼭꼭 숨기고, 그에게 병에 든 약을 먹이거나 의사나 약을 찾아 돌아다녔다. 병자나 그들 자신 모두 서로가 서로를 계속 기만하고 있었다. 이 모든 것들은 다 허위였다. 저속하고 모욕스럽고 모독적인 허위였다. 레빈은 본인 특유의 성격 때문에, 그리고 그 누구보다 병자를 깊이 사랑하고 있다는 사실 때문에 이런 허위를 괴로울 정도로 감지하고 있었다."(5·123)

이 부분에서는 인생의 진실이 참으로 예리하게 포착되고 있습니다. 비B 씨와 마찬가지로 저도 경험이 있습니다. 지금까지 근친 중 세 사람의 괴로운 임종 과정을 지켜보았습니다. 정말이지 레빈과 똑같은 심정을 금할 수 없었습니다. 그런 사람이 결코 저 혼자만은 아닐 겁니다.

안나의 파멸 과정

K 지엽적인 사항이지만 인생의 진실을 보여주는 네 가지 예를 여러분들께서 말씀해주셨습니다. 실례일지 모르지만, 이런 예들이 전체적인 작품 가운데 과연 가장 적당한 장면인지는 알 수 없습니다. 하지만 어쨌든 『안나

카레니나』의 세계는 아무리 지엽적인 부분이라도 견고한 진실로 이루어졌다고 말할 수 있을 겁니다. 그 외에 카레닌이나 오블론스키가 속한 관료 기구, 유대인의 신흥개발회사, 군인사회, 카레닌이나 이와노브나 백작부인 등이 믿고 있는 신비적인 예언자 랑두(라스푸틴의 소형 선구자인 듯합니다) 모두 단단한 리얼리즘에 입각해 그 사회가 굳건히 세워져 있습니다. 귀족 회장 선거 장면(6·208-211)처럼 언뜻 보기에 핵심적인 줄거리와 무관해 보이는 대목도 사회의 견고화에 도움을 주고 있습니다. 이런 것들이 모두 안나의 파멸과 밀접하게 이어져 있고요. 그녀를 짓눌러버린 것은 열차 바퀴가 아니라 사회의 메커니즘이었기 때문입니다.

A 모르핀 중독이지 않습니까? 안나는 한참 전부터 모르핀을 상용했는데요.

B 모르핀 중독에 빠뜨린 것이 바로 사회였지요. 그런데 안나가 사회에 의해 파멸되었다는 것은 사실이겠지만, 톨스토이는 어째서 안나가 파멸하도록 내버려두었을까요? 소설이 시작될 무렵에는 좀 더 동정심을 가지고써 내려가지 않았나요? 이런 변화에 대해 어떻게 생각하시는지요?

K 애초에 톨스토이는 안나에게 동정하며 펜을 들었습니다. 사랑 없이는 살아갈 수 없는 아름답고 생기 넘치는 여성이 스무 살 이상이나 차이가 나는 냉정한 남자와 애정 없는 결혼 생활을 합니다. 그런 그녀가 정략결혼에 불만을 느끼던 차에 우연히 한 사내를 만나 운명적인 사랑에 빠지게 되거든요. 동정하지 않을 수 없지요. 톨스토이는 안나를 사랑하고 있습니다. 그 사랑은 안나가 파멸될 때까지 근본적으로 변하지 않았을 겁니다. 하지만 안나의 사랑은 꿈속에서의 사랑, 공상이나 동화에서 나오는 이야기가 아닙니다. 소설가로서의 톨스토이는 이것을 객관화해야만 했습니다. 그러자 더는 관념적인 동정의 대상, 그저 아름답고 불행한 여자일 수 없게 됩니다. 아름다우면서도 동시에 잔혹하게 보이기 시작합니다(1·160, 2·56-64). 또 일단 사랑이 성취되자, 요컨대 육체관계가 성립되자 톨스토이는 이것을 죄로 간주하지 않을 수 없게 됩니다. "하느님! 저를 부디 용서해주세요!"(2·66) 이것이 최초의 외침입니다. 사랑의 성취를 살인에 비유한 것은 작가의 엄격주의를 강요했던 것에 그치지 않습니다. 그것은 그런 환경에서 그처럼 살아왔던 안나의 입에서 당연히 나와야 마땅할 객

관적 외침이었기 때문입니다.

안나의 사랑이 아무리 열렬해도 귀족 사회에 속한 귀부인으로서 결코 그 사회적 지위를 버릴 수 없습니다. 따라서 "연애의 자유"를 얻을 수는 없습니다. 그녀 자신이 그런 고백을 하는 이상(3·108), 작가도 어쩔 수 없는 상황입니다. 안나는 사회적 지위를 버릴 수 없습니다. 물론 남편의 집을 뛰쳐나와 애인과 동거하고 있으며 사교계에도 얼굴을 내밀지 않게 되지만—사교계에 나서면 모욕당하지만(5·204-205)—, 사교계 그 자체를 가능하게 만들고 있는 질서에서 결코 완전히 도망갈 수는 없습니다. 그러므로 안나에게 마지막으로 남겨진 삶의 지주는 하나밖에 없게 됩니다. "내게 남겨진 것은 단 한 가지밖에 없습니다. 그것은 바로 당신의 애정입니다."(3·151)

안나가 그토록 사랑을 갈구했던 브론스키 백작은 적어도 이 연애에 관한 한 처음부터 끝까지 변치 않는 마음으로 성실히 임했다고 할 수 있겠습니다. 하지만 그 역시 사회인이었고 나아가 사교인이었습니다. 그 집단에서 결코 벗어날 수 없습니다. 두 사람은 외국을 여행하던 순간에만 행복했습니다. 그것이 가능했던 이유는 돈이 있는 사람에게 외국 생활은 일단 사회에서 벗어났다는 인상을 주기 때문입니다. 게다가 브론스키는 이미 권태감을 느끼기 시작하고 있습니다. 물론 권태감은 정식으로 결혼한 사람들에게도 찾아옵니다. 그럴 경우, 사회적 압력이 부부생활을 보호해주는 작용을 합니다. 하지만 불륜의 경우 사랑이 약해지면 사회적인 힘이 반드시 나쁘게 작용하지요. 그녀가 객관적 세계의 객관적 존재인 이상, 안나의 파멸은 점차 필연적이 됩니다. 이제는 작가 톨스토이 한 사람의 힘으로 피할 수 없습니다. 이것이 바로 리얼리즘이겠지요.

C 그렇다면 안나의 세계를 지배하는 것은 운명, 혹은 기계적 결정론이라는 말이 됩니까?

K 아니요, 그런 의미는 아닙니다. 만약 그렇다면 그리스 비극이라면 몰라도 소설의 세계는 성립하지 않을 겁니다. 소설은 어디까지나 자유의지의 세계입니다. 안나와 브론스키의 만남은 어떤 운명적일 수 있겠지만, 누군가가 사랑의 묘약을 마시게 했던 것은 아니었지요. 두 사람 모두 이 연애를 스스로 선택했으니까요. 하지만 그것은 객관적 세계에서의 자유행동이었습니다. 당연히 그 행동은 객관적 세계와 작용과 반작용을 거쳐 진행됩니다. 연애가 진행되는 장소, 요컨대 러시아 귀

족 사회는 다른 많은 부정에 대해서는 관용적이었을지 언정 이런 형태의 연애에 대해서는 엄격한 사회였습니다(같은 시대라도 프랑스의 부르주아 사회였다면 간통에 대해 좀 더 관대했을 겁니다. 예를 들어 플로베르의 『보바리 부인』에서는 엠마가 오로지 간통했다는 이유만으로 자살하지는 않습니다. 금전 문제가 얽혀 있었기 때문에 죽었으니까요).

앞에서도 문학을 만드는 것은 경험이라고 말씀드렸지만, 이 소설은 정말로 그런 느낌이 강합니다. 톨스토이는 사랑하는 안나가 파멸될 수밖에 없음을 경험해가면서, 마치 그것을 보상하려는 것처럼 레빈의 결혼 생활을 한층 더 행복하게 할 수밖에 없었을 겁니다. 물론 애당초 이 두 쌍의 남녀를 등장시킨 것은 필시 그런 복안이 있었기 때문이겠지만, 애초의 생각 이상으로 레빈의 결혼 생활이 행복해져서 다소 과장된 코믹함이 느껴질 정도입니다. 레빈에 대해서는 나중에 다시 생각해보기로 합시다.

안나는 삶의 부자연스러움으로 인해 점차 타락해 그야말로 창부와 비슷한 상태가 됩니다. 어머니로서의 사랑마저 잃어갑니다(6·131). 그 동기에 대해 충분히 동정이 간다고 해도 모성애마저 잃어버린 여자라는 객관적 사실로 인해 역시 용서받지 못하게 되는 것입니다. 이 대목부터 톨스토이는 가혹한 필치를 보이기 시작합니다. 안나를 저버리게 된다고 해야 할까요. 저버리지 않을 수 없게 된다고 해야 할까요. 어쨌든 필치가 가혹해집니다. 소설에서의 객관적인 사항(안나의 히스테리 등등) 때문에 작가가 반대로 제어를 당한 측면도 있습니다. 요컨대 소설 창작이라는 경험으로 그의 관심사interest가 변한 것입니다. 하지만 그것만이 아닙니다. 톨스토이는 집필이 중단된 시기에 민중 교육의 문제를 비롯해 다양한 현실사회에서의 경험을 거칩니다. 그런 현실적 경험을 통해 관심사interest도 크게 변화되었을 것입니다. 때문에, 안나에 대한 그의 관심interest이 좀 더 덜 동정적인 것으로 변했다고 생각해볼 수 있습니다. 어쨌든 안나에게 죽음의 그림자가 비치기 시작하자 브론스키만이 아니라 독자들조차 그녀 곁에 계속 있는 것이 견딜 수 없이 숨 막히고 괴로워집니다(7·129 이하). 이 지경에 이르면 안나가 지상에서 사라져버리는 것 이외에 방법이 없게 됩니다. 결국 파국은 점차 그 속도를 더해가며 마침내 안나는 자살합니다. 안나는 어쩌면 자살을 당했을지도 모릅니다.

안나의 세계와 레빈의 세계가 대립하다

B 톨스토이는 안나에게 동정하면서 펜을 들었지만 궁극
  적으로 안나와 브론스키의 연애를 부정하지 않을 수 없
  게 되어 레빈과 키티의 올바른 결혼 생활만 긍정하기에
  이르렀다는 말이 되는 걸까요? 톨스토이가 긍정한 측
  면은 어떤 구조인지 말씀해주세요.

K 실례가 될지도 모르지만 소설에 대해서 그런 표현을
  쓰시면 곤란합니다. '궁극적으로'라는 표현을 말하면,
  각각의 장면들이 궁극적으로 존재한다고도 말할 수 있
  습니다. 어쨌든 톨스토이는 궁극적으로 안나를 부정하
  고 레빈을 긍정했던 것이 아닙니다. 관심interest의 중
  심은 안나에게 있습니다. 정언 논리에 입각한 긍정이
  나 부정적인 관계가 아닙니다. 앞서 말씀드린 대로 서
  로 보완적인 관계라고 할 수 있습니다. 레빈 쪽으로 관
  심interest의 중심을 옮기려 했던 느낌이 없는 것은 아닙
  니다. 하지만 하나의 예술 경험 과정에서 관심interest이
  변할 수는 있다 해도 별개의 것으로 교체되고 만다면
  경험으로서는 파탄입니다. 이 소설은 자칫 파탄에 가
  까운 양상을 보이면서도 결국 그렇게 되지는 않았던 부
  분이 오히려 효과를 거두고 있다고 여겨집니다. 그래

서 결국 제목도 『안나 카레니나』인 거지요.

레빈의 세계와 안나의 세계는 일단 대립적으로 표현되어 예술적 효과를 거두고 있습니다. 대중문학 같은 효과마저 내포하고 있을 정도입니다. 도회지의 귀족 사회계에 대한 묘사 뒤에 전원의 아름다움과 농민의 건강함을 표현합니다. 불륜의 괴로움을 말한 후 청아한 결혼식 장면이 나옵니다. 독자들의 정신과 감정을 기분 좋게 활동시켜주는 심리 작용의 역할을 합니다. 때문에, 이 소설은 장편치고는 편안히 읽을 수 있습니다. 하지만 대립이 존재한다는 사실 때문에 작자가 궁극적으로 어느 한 편을 부정하고 나머지를 긍정했다고 파악해서는 안 될 것입니다. 두 가지 세계는 항상 교차하고 있습니다.

안나와 레빈이 만나는(7·48-61) 장면을 기억하고 계십니까? 안나는 매우 고급스러운 방식으로 레빈을 유혹하려고 합니다. 톨스토이풍으로 말하면 창부 같은 요소가 있다고 할 수 있겠습니다. 그런데 레빈은 그녀에게 완전히 넘어가 그녀가 "무척이나 마음에 들어"버립니다. 우선 그녀의 처지에 대한 동정 때문이겠지만 오로지 그것 때문만은 아닙니다. "그 아름다움, 지혜, 교양과 동시에 그 단순함, 성실함에 황홀해져 버렸기" 때문입니다. 물론 일시적인 끌림이라고 말할 수 있을지도 모릅니다. 하지만 키티로 하여금 "그 사람이 당신을 뒤흔들어 버렸어요. 저는 당신의 눈빛으로 알 수 있었어요. 정말 그래요!"라고 절규하게 할 정도의 무엇인가가 충분히 있었던 것입니다. 다행스럽게도 얼마 후 안나는 지상에서 사라지게 되지만, 만약 그 후 계속 만났다면 레빈이 안나에게 두 손을 들지 않았을 거라고 아무도 보증할 수 없습니다. 만약 톨스토이가 긍정이나 부정을 윤리적 언어가 아니라 소설의 세계에서도 확실히 하고 싶었거나 확실히 할 수 있었다면 어째서 일부러 그런 장면을 설정해 안나의 매력을 공들여 써 내려갔을까요. 심지어 그 후 "남자가 보았을 때 브론스키와 레빈 사이에 커다란 차이가 있었지만, 그녀는 여성으로서 두 사람 사이에서 공통점을 발견했다. 키티가 브론스키도 레빈도 사랑할 수 있었던 것은 그 때문일 것이다"(7·66)라는 말을 일부러 덧붙이지 않습니까?

C 톨스토이의 여성 멸시 때문이 아닐까요? 공통적이라는 것은 정력적인 남성에 대한 여성의 동경, 결국 성욕이라고 보아도 좋겠지요.

K 성욕이라고 한정해도 좋을지 조금 의문스럽습니다. 어
  쨌든 여기서는 안나와 키티가 마찬가지라는 생각이 보
  입니다. 키티는 우연히 행복한 결혼을 했지만, 만약 안
  나 같은 처지에 있었다면 어땠을까요. 그토록 남에게
  지기 싫어하는 미모의 여성입니다. 역시 안나 같은 행
  동을 했을지도 모릅니다. 언니인 돌리는 건전한 부인으
  로 등장하지만 그런 돌리조차 때로는 간통을 꿈꾸지요.
  톨스토이는 안나와 브론스키의 세계와 키티와 레빈의
  세계를 일단은 대립시켰지만, 그 저변에 인간으로서의
  공통된 요소를 강렬히 느끼고 있었습니다. 때문에, 이
  소설은 중단되지도 않고 파탄 양상을 보이지도 않으며
  『안나 카레니나』로서 완성될 수 있었다고 생각합니다.

레빈의 정신적 고뇌

B 그렇다면 레빈의 정신적 고뇌, "내가 과연 어떤 존재이
  며 무엇 때문에 여기에 있는지, 그것을 모른다면 살아
  갈 수도 없다"(7·224)라고 표현된 그 고뇌, 톨스토이의
  만년의 고통을 인정하지 않으신다는 말씀인가요?
K 물론 삶의 고뇌에 대한 톨스토이의 해결 방식에 찬성

하는지 여부는 차치하고, 인생을 진지하게 생각하는 인간이라면 톨스토이의 고뇌와 그 성실성을 어찌 존경하지 않을 수 있겠습니까. 하지만 그렇다고 그의 작품을 그의 정신적 발전의 어떤 한 단계로 보아도 좋다는 말은 아닐 겁니다. 지금 저는 소설 『안나 카레니나』의 한 사람의 독자로서 소설을 소설적으로 읽고 싶습니다. 레빈과 톨스토이가 얼마나 밀접한 관계에 있든, 일단 양자를 별개로 생각해 레빈을 한 사람의 독립된 인물로 생각해야 합니다. 만약 그렇게 해서 레빈이 자립할 수 없을 것 같다면 소설로서 결코 성공적이라고 할 수 없게 됩니다. 레빈은 고뇌하고 있으며, 오히려 고뇌하기 시작하고 있습니다(니콜라이 형이 죽자 고뇌하기 시작했다고 나와 있는데, 그것이 절실하게 현실화하고 있는 것은 제8편부터입니다. 어째서 좀 더 일찍 고뇌하기 시작할 수 없었을까요?). 레빈은 괴로운 말들을 쏟아냅니다. 하지만 고뇌의 와중에 쏟아진 말에 불과하며 정확한 확신에 도달한 인간의 발언이 아닙니다. 안나가 아이를 포기할지에 대해 하염없이 고민하며 쏟아내는 말이나 마찬가지입니다. 굳이 이것만 높이 평가하는 것은 이 소설을 읽어나가는 방식으로 적절하지 않습니다.

지금 인용해주신 표현 바로 뒤에, "인간은 무한한 시공간 속에서 잠시 견디다 결국 터져버리고 마는 물거품이다"라는 표현이 보입니다. 작가는 그 표현에 덧붙이며 "이것은 애처롭기 그지없는 비참한 착각이다……레빈도 어쨌든 그것이 가장 이해하기 쉽기에 그것을 자신의 것으로 해버렸다"라고 쓰고 있군요. 저는 그 말이 맞으리라고 생각할 뿐입니다. 레빈은 신앙과 관련된 여러 문제를 고민하면서도 한편으로는 현재의 삶에 충실합니다. 작가 톨스토이는 이렇게 말하고 있습니다. "이것은 도대체 어찌 된 일일까? 즉 삶은 나쁘지 않지만, 사고방식이 좋지 않다는 말이 될 것이다"(7·239) 정말로 그 표현 그대로입니다. 톨스토이 자신은 고뇌를 통해 성장했습니다. 하지만 레빈은 어떻게 될지 알 수 없습니다. 소설에 나와 있는 것만 보면, 그 사색 방식은 분명 좋지 않습니다. 인생 문제를 진지하게 생각하는 것을 존중하지 않는다는 말이 아닙니다. 오늘날, 그 해결 방법이 레빈식으로 고독한 사색에 의한 자기완성이어도 무방할까요? 농민 사이로 들어가 함께 풀베기하며 낫을 휘두르는 레빈보다도 사색가 레빈을 존중해서는 안 된다는 것이 제 생각입니다.

C 동감입니다. 외부의 사회악에 대해서는 무저항주의를 택하며 그저 내면에서의 종교적 자기완성에 의해 사회를 개량하려는 것은 이미 너무 진부하지 않습니까?

K 공식적으로 일반론으로 말하자면 그렇겠지요. 그래서 만약 레빈이라는 인물을 후반부 사색가로서의 측면만으로 포착해버리면 이 인물은 결국 시대에 뒤처진 사람이 됩니다. 하지만 레빈은 키티의 손을 잡고 스케이트를 하는 대목부터, 지금 말씀하신 "너무 진부한 사색"을 하는 이 마지막 부분까지, 한 사람의 살아 있는 인간으로 표현되고 있습니다. 이것은 절대로 무너지지 않을 진실입니다. 그가 사상을 사상적으로 이야기하는 대목에만 주목해서 읽는 것은 『안나 카레니나』의 수명을 단축시키는 불친절한 방식입니다.

레닌의 톨스토이론

C 레빈이 일관된 생명을 가진 인물이었다는 사실은 인정할 수 있습니다. 하지만 그는 하인들의 손을 잡는 것조차 주저하던 대지주이지 않습니까? 그런 레빈의 눈을 통해 본인 역시 대지주였던 톨스토이가 묘사하고 있는

대목에는 계급적 주관성이 보이지 않을까요?

K 모스크바의 교수 프리쉬Vladimir Maksimovich Friche는 톨스토이를 계급적이고 주관적인 예술가라고 규정했습니다. 하지만 저는 그렇게 간단히 잘라 말할 수 있을지 다소 의문스럽습니다. 미국의 러시아 문학 연구의 권위자로 1946년에 방대한 톨스토이 전기를 쓴 어니스트 시먼스Ernest Symons라는 학자는 마르크스주의적 견지에서 작업을 진행했지요. 시먼스는 러시아 혁명운동에 대한 톨스토이의 공헌이라는 문제에 대해 가장 공평하고, 가장 깊이 있게 이해하며 글을 쓴 사람은 바로 레닌Vladimir Il'ich Lenin이었다고 지적하고 있습니다. 저는 그쪽 방면의 문헌은 많이 읽지 않았지만, 시먼스의 의견에 공감합니다. 레닌은 톨스토이에 대해 짧은 논문을 일곱 편 쓰고 있는데(저는 그중 세 편밖에 읽지 못했지만), 프리쉬나 플레하노프Georgij Valentinovich Plekhanov처럼 쉽사리 결론짓지 않고 있습니다. 레닌의 논문에는 톨스토이의 예술에 깊이 심취해본 경험이 있다는 사실을 알려주는 따스한 마음이 담겨있습니다.

그중 하나인 『러시아 혁명의 거울로서의 톨스토이』(1908)이라는 논문은 짧지만 탁월한 평론입니다. 그 안에서 레닌은 톨스토이에게 존재하는 모순을 지적하며 "한편으로는 다시없는 필치로 러시아의 삶을 그려냈을 뿐만 아니라 세계문학에 속하는 초일류 작품으로 공헌한 천재적 예술가, 다른 한편으로는 그리스도라는 이름으로 순교자의 면류관을 쓴 지주다. 한편으로는 사회의 허위와 위선에 대해 극도로 강력하고 직접적이고 성실한 저항을, 다른 한편에서는 톨스토이교 신봉자, 요컨대 대중 앞에서 자신의 가슴을 내리치며 '나는 악인이다, 비열한 인간이다, 하지만 나는 도덕적 자기완성에 헌신하고 있다'라고 외친다는 측면에서 러시아의 인텔리겐치아intelligentsia이자 지쳐버린 역사적 울보"라고 말하고 있습니다. 레닌은 톨스토이가 가진 다양한 모순을 열거한 뒤, 말미에 네크라소프의 다음과 같은 시를 적기도 하지요. "당신은 가난하지만 풍요롭고 강한 힘을 가지고 있으면서도 무력하다 — 어머니인 러시아여!" 톨스토이의 정신주의적 측면을 철저히 비판한 레닌이었지만 그가 톨스토이를 "어머니인 러시아"에 비유했다는 사실은 톨스토이를 얼마나 사랑하고 있었는지 보여주는 대목입니다. 레닌은 톨스토이가 그저 평범한 지주에 머무르지 않고 당시 농민계급의 사상과 심정을 표명하고 있는 부분을 위대하다고 받아들였던 것입니다. 그의 모순, 즉 당시의 농민계급이 역사적으로 놓여 있던 여러 조건의 모순을 비추어주는 진정한 거울이라고 말하고 있습니다. 『안나 카레니나』에도 해당하는 사항이지 않을까 싶습니다.

A 소설을 읽는데 계급처럼 까다로운 개념을 생각해야만 할까요. 어쩐지 즐거움이 사라지는 것 같습니다.

K 즐거움이 사라지면 곤란하겠네요. 지금 드린 말씀은 C 씨가 해주신 질문에 대해 답변을 드린 것일 뿐입니다. 소설 공부에 계급이론으로만 일관해서는 당연히 안 되겠지요. 제가 대학생 시절 괴테를 졸업논문으로 썼던 학생이 있었습니다. 괴테는 프롤레타리아 예술의 고통을 이해하지 못하고 있으며, 따라서 그는 사류 작가라고 썼지요. 그런 이해는 곤란합니다. 지금 이 경우에서도 아무리 프리쉬가 톨스토이의 예술은 계급적으로 주관적이라고 규정해도, 그렇다면 세상에 있는 수많은 사람이 톨스토이의 소설을 앞다투어 읽는다는 현상은 객관적으로 설명할 수 없습니다. 하지만 레닌은 톨스토이의 소설은 영원히 사라지지 않을 거라고 말하고 있습니다. 단지 이것이 러시아에서는 극소수의 사람들에게

만 읽히고 있으므로, 모두가 이것을 읽을 수 있도록 더욱 빈곤을 추방하고 혁명을 해야 한다는 식으로 말하고 있지요. 아무리 이론적으로 생각할 때라도 우선 이런 인간적인 마음으로 문학을 생각해야 한다는 의미에서 말씀드린 것입니다.

계급 같은 개념은 까다롭다고 말씀하셨네요. 계급이라는 것이 현실적으로 존재하는 이상 소설은 거울로서 그것을 그려내고 있는데 그것에 대해서만 눈을 감아버리는 것이 오히려 더 힘든 일일 겁니다. 이 소설 안에 나오는 오블론스키는 공작입니다. 하지만 그는 극히 평민적이지요. 한편으로 돈줄이 막혀 자신의 토지를 계속 포기하고, 하다 하다 종국에는 유대인 자본가에게 울며 매달리기도 합니다. 이런 이야기들도 철저히 묘사되어 있기에, 안나의 연예 이야기만 보고 이런 쪽을 보지 않는다면 역시 소설을 충분히 읽었다고 말하기 어려울 것입니다. 귀족 계급의 몰락, 혹은 부르주아화의 과정이라는 어려운 단어로 굳이 정리할 필요는 없겠지만 실제로 일어나고 있는 현상에 대해 눈을 감아서는 안 되겠지요.

무한 공간과 둥근 천장

A 마지막 부분에 보이는 그 유명한 푸르고 둥근 천장이라는 부분은 어떤 의미로 파악하면 좋을까요?

B 저도 그 부분을 가장 좋아합니다. 잠시 읽어봅시다.

"위를 올려다보며 드러누운 채 그는 구름 한 점 없는 높다란 하늘을 바라보고 있었다. '역시 나는 알지 못하는 걸까. 이것이 끝없는 공간이며 결코 둥근 천장이 아니라는 사실을? 하지만 아무리 눈을 가늘게 뜨고 시력에 온 힘을 다해 바라보아도 내게는 이것이 둥글지 않은, 무한한 것으로는 보이지 않는다. 무한한 공간이라는 지식은 있지만 내게는 푸르고 둥근 천장이 확연히 보인다는 사실도 의심할 여지가 없이 정확하다. 그 안을 좀 더 살펴보려고 시력에 긴장을 다 했을 때보다 한층 정확하다.' 레빈은 더는 생각하지 않고 어쩐지 기쁜 듯이 열심히 이야기를 나누고 있는 신비적인 목소리에만 오로지 귀를 기울이고 있는 심정이 되었다."(7·244, 245)

K 좋군요. 저도 좋아합니다. 서정시로서 참으로 근사하네요.

B 서정시요?

K 그렇습니다. 저는 이 부분, 그리고 갑충甲蟲("철학자는 슬

픈 갑충이다"라는 말을 연상시키는 갑충)을 레빈이 풀의 잎사귀에서 잎사귀로 옮겨주는 장면, 양쪽 모두 아름다운 리리시즘lyricism으로 생각하며 읽거든요. 사상적으로 더 어려운 생각을 하지 않고 읽고 있습니다.

A 하지만 그 부분은 과학 부정의 사상이지 않습니까?

K 그렇게 생각하지 않습니다. 톨스토이는 레빈에게 과학을 부정시킬 생각이었는지 몰라도, 지금 인용된 표현만 살펴보면 그런 의미는 아닙니다. 태양의 용적을 수학적으로 알고 있는 것과 석양이 둥근 쟁반처럼 보이는 것 사이에는 아무런 모순도 존재하지 않습니다. 그러면 되는 거지요.

A 혹은 거기 나오는 생각이 단 한 발자국만 더 나가도 신앙이라는 이름의 야만주의에 빠질 위험성이 있다는 생각도 듭니다.

K 그건 토마스 만의 생각이지요. 토마스 만은 그 한 구절에 너무 중점을 두었습니다. 많은 사람이 인용하는 유명하고 아름다운 문장이지만 소설은 전체적으로 읽어나가야 합니다. 한 곳에만 너무 집착해서는 안 되지요. 토마스 만은 당시 나치즘에 대해 격한 반발심을 가지고 있습니다. 당연하고 절실한 반발이긴 합니다. 하지만

그렇다고 해당 부분에 대한 비평을 시국에 너무 결부시켜 왜곡시켰다고 생각합니다. 논문은 기대하고 읽었는데 마침 『안나 카레니나』를 읽은 직후였기 때문에 저는 실망했습니다. 위대한 작품을 읽어버린 뒤에는 그 어떤 위대한 비평가의 지적도 불충분하기 마련이지요. 그 정도의 무엇인가를 가지고 있어요.

어려운 이야기가 이어졌기 때문에 이번에는 이 소설에 나타난 유머에 대해 생각해봅시다. 예를 들어 오블론스키는 항상 유머가 넘치는데 그가 연회를 열기 위해 요리 메뉴에 따라 손님을 배치하는 부분(4·43-44), 거기에서는…….

편집자 시간이 다 되었기 때문에 이쯤에서 이제…….

K 그럼 유머에 관한 문제는 숙제로 합시다. 여러분들의 말씀이 의미가 없다는 뜻이 아니라 이 정도의 좌담회는 저 같은 사람이 없어도 여러분들끼리 언제든지 하실 수 있으시겠지요. 실은 저는 내일 교토로 돌아가기 때문에 다시 또 열 수도 없는 노릇이긴 합니다. 어쨌든 소설은 혼자 읽는 것이 원칙이라고 언급했지만, 혼자 읽었을 때 충분히 즐길 수 있으려면 혼자 읽어왔던 내용에 대해 다른 사람들과 이야기를 나누는 것도 중요합니

다. 일단 즐거운 일이기도 하니까요. 『안나 카레니나』 안에는 대화의 기쁨이라는 것이 참으로 여러 곳에 나옵니다. 이번 기회에 여러분들도 소설만이 아니라 많은 것들에 대해 서로 이야기를 나누는 기쁨을 즐기시게 되길 바랍니다. 그럼, 여기서 이만 실례하겠습니다.

편집자 여러분 대단히 감사합니다.

-1949년 12월 29일 아타미熱海에서

부록-세계 근대소설 50선

이 리스트를 작성하는 과정에서 각각의 부문에서 나카노 요시오中野好夫(영문학자-역주), 이쿠시마 료이치生島遼一(불문학자-역주), 오야마 데이치大山定一(독일문학자-역주), 요케무라 요시타로除村吉太郎(노문학자-역주), 요시카와 고지로吉川幸次郎(중국문학자-역주) 씨와 의논했다. 전체의 책임은 물론 내게 있다.

루소의 『고백』과 니체의 『차라투스트라는 이렇게 말했다』는 소설이 아니지만, 산문 예술로서의 고도의 가치와 영향력을 참고하여 특별히 포함했다.

이탈리아
   1. 조반니 보카치오, 『데카메론』(1350~1353).

스페인
   2. 미겔 데 세르반테스 사아베드라, 『돈키호테』(1605).

영국
   3. 다니엘 디포, 『로빈슨 크루소』(1719).
   4. 조너선 스위프트, 『걸리버 여행기』(1726).

5. 헨리 필딩, 『톰 존스의 모험』(1749).

6. 제인 오스틴, 『오만과 편견』(1813).

7. 월터 스콧, 『아이반호』(1820).

8. 에밀리 브론테, 『폭풍의 언덕』(1847).

9. 찰스 디킨스, 『데이비드 카퍼필드』(1849).

10. 로버트 루이스 스티븐슨, 『보물섬』(1883).

11. 토머스 하디, 『테스』(1891).

12. 서머싯 몸, 『인간의 굴레』(1916).

프랑스

13. 라파예트 부인, 『클레브 공작부인』(1678).

14. 아베 프레보, 『마농 레스코』(1731).

15. 장 자크 루소, 『고백』(1770).

16. 스탕달, 『적과 흑』(1830).

17. 오노레 드 발자크, 『사촌 베트』(1848).

18. 귀스타브 플로베르, 『보바리 부인』(1857).

19. 빅토르 위고, 『레 미제라블』(1862).

20. 기 드 모파상, 『여자의 일생』(1883).

21. 에밀 졸라, 『제르미날』(1885).

22. 로맹 롤랑, 『장 크리스토프』(1904~1912).

23. 로제 마르탱 뒤 가르, 『티보가의 사람들』(1922~1939).

24. 앙드레 지드, 『위폐범들』(1926).

25. 앙드레 말로, 『인간의 조건』(1933).

독일

26. 요한 볼프강 폴 괴테, 『젊은 베르테르의 슬픔』(1774).

27. 노발리스, 『푸른 꽃』(1802).

28. 에른스트 테어도어 아마데우스 호프만, 『황금항아리』(1813).

29. 고트프리트 켈러, 『초록의 하인리히』(1854~1955, 개작 1879~1980).

30. 프리드리히 니체, 『차라투스트라는 이렇게 말했다』(1883~1884).

31. 라이너 마리아 릴케, 『말테의 수기』(1910).

32. 토마스 만, 『마의 산』(1924).

스칸디나비아

33. 얀스 피터 야콥센, 『죽음과 사랑(닐스 리네)』(1880).

34. 비에른스티에르네 마르티니우스 비에른손, 『아르네』(1858~1859).

러시아

35. 알렉산드르 세르게비치 푸시킨, 『대위의 딸』(1836).

36. 미하일 레르몬토프, 『우리 시대의 영웅』(1839~1840).

37. 니콜라이 바실리예비치 고골리, 『죽은 혼』(1842~1855).

38. 이반 세르게예비치 투르게네프, 『아버지와 아들』(1862).

39. 표도르 도스토옙스키, 『죄와 벌』(1866).

40. 레프 니콜라예비치 톨스토이, 『안나 카레니나』(1875~1877).

41. 막심 고리키, 『어머니』(1907).

42. 미하일 숄로호프, 『조용한 돈강』(1906~1940).

미국

43. 애드거 앨런 포, 『검은 고양이』,
     『모르그가의 살인사건·일어버린 편지 외』(1838~1845).

44. 너새니얼 호손, 『주홍글씨』(1850).

45. 허먼 멜빌, 『모비딕』(1851).

46. 마크 트웨인, 『허클베리 핀의 모험』(1883).

47. 마거릿 미첼, 『바람과 함께 사라지다』(1925~1929).

48. 어니스트 헤밍웨이, 『무기여 잘 있거라』(1929).

49. 존 스타인벡, 『분노의 포도』(1939).

중국

50. 루쉰, 『아Q정전·광인일기 외』(1921).

원서에는 세계 근대소설 50선의 일본어 번역본과 번역자 이름이 병기되어
있다. 하지만, 현재 이 목록의 책들을 한국어 번역본으로 만날 수 있는 한국
독자들에게는 불필요한 정보로 판단되어 생략하였다.-편집자주

옮긴이 후기

역사와 전통을 자랑하는 이와나미신서 시리즈 중에는 한 시대나 세대를 대표하는 상징적인 작품들이 적지 않은데,『문학이란 무엇인가』역시 독특한 존재감과 상당한 인지도를 가진 작품이라고 할 수 있다. 1950년에 제1쇄가 발행되었고 1963년에 제31쇄 개정판이 발행된 후 2016년 기준으로 제87쇄까지 발행되었으니 상당히 '읽힌' 책이기도 하다. 중후한 '연식'에도 불구하고 여전히 읽히고 있는 데는 필시 그 연유가 있을 것이다.

차례를 살펴보면 문학이 인생에 왜 필요한지, 뛰어난 문학은 어떤 것인지, 무엇을 어떻게 읽어야 하는지 등에 관한 항목이 있어서 언뜻 보기에 '정통적인' 문학 입문서로 여겨질 수도 있겠다. 하지만 대중문학에 대한 거시적인 고찰이나『안나 카레니나』독서회 같은 항목을 보면 이 책이 결코 '얌전한' 입문서에 그치지 않을 것임을 짐작할 수 있다. 그도 그럴 것이 책을 쓴 구와바라 다케오는 교토京都대학교 불문과 교수로 스탕달 연구자인데 난데없이 톨스토이의『안나 카레니나』삼매경이다. 약간 과장하자면 이 책은『안나 카레니나』에서 시작해『안나 카레니나』로 끝나고 있다. 각자의 전공이 엄연한 학계, 심지어 자기 분야에 대한 깊이 있는 연구에 열중하다 못해 타 전공 분야에 대한 언급을 회피하는 일부 일본 학계의 풍토 속에서, 게다가 문학의 본질을 논하는 신성한 입문서에서 이런 식의 논지 전개는 다소 이단적이라고 할 수 있을지도 모른다. 일본식 속된 말로 표현해보자면 명백한 '나와바리(영역)' 침범에 해당한다.

요즘 식으로 긍정적으로 표현하자면 융합학문, 학제적 연구영역이라고 할 수도 있다. 실제로 구와바라 다케오 씨는 인문과학 공동연구 구축의 선구적 지도자이자 독창적이고 자유로운 정신의 소유자로 자신과 전공이 다른 사람들과의 토론을 중시했다고 평가받는다. 불문학 연구의 영역에 머물지 않고 깊은 학식과 탁월한 행동력으로 다방면의 연구자들과 교류했으며 사회적 문화 운동을 적극적으로 추진했고, 쓰루미 슌스케 등 전후를 대표하는 진보적 문화인을 배출할 수 있는 토대를 제공한 장본인이다. 국제사회에서의 교류와 소통을 중시한 연구자로 각종 국제회의의 의장을 역임하기도 했다. 특히 패전 직후 발표한 이른바 '제2예술론'이라는 도발적인 비평을 통해 일본 사회에 널리 알려져 있다. 전시 체제에 협조적이었던 일본의 전통문화와 고전문학에 대한 비판 정신을 바탕으로 일본의 정통 정형시인 '하이쿠'를 통렬히 비판하며 학교 교육에서 추방할 것을 제안한 논문이었다.

돌이켜보면 다소 단순한 측면이 있는 비판이지만 패전 직후의 하이쿠 가단에 큰 충격을 준 '제2예술론'의 비판 정신은 이 책의 본문 곳곳에서도 발견되고 있다. 손가락을 꼽아보면 무려 70년 전인 1950년에 간행된 책이다. 사회주의 정당이 참혹할 정도로 몰락해버린 현재 일본에서는 좀처럼 상상하기 어렵지만, 1950년이라면 사회주의적 진보정당이 전성기를 누리던 시절이었다. 사용되고 있는 용어들도 그 시절의 흔적을 반영하고 있는 중후한 '연식'의 것들이었다. 번역작업에는 언제나 딜레마가 존재하지만, 이렇듯 생경한 사회 분위기와 그 시대 특유의 용어 선택 등을 어떻게 한국 사회에 소개해야 할지 고민스러운 순간이 적지 않았다. 21세기를 살아가는 현대 한국인의 가독성을 위해 읽기 편한 용어나 문체로 치환해야 했을까. 아니면 유일무이한

1950년의 사회적 분위기를 물씬 풍기고 있는 낯선 문맥을 고스란히 전달해야 했을까. 2021년의 한국어로 번역된 이 책의 문체 역시 시대적인 특성을 품을 수밖에 없기에 먼 훗날에는 분명 낯설고도 그리운 문맥으로 내게는 기억되겠지만, 낯선 풍경 속에서 짧은 시간 여행을 한 듯한 즐거운 번역작업이었음을 고백한다. 사회와 인생에 대한 작자의 뜨거운 마음도 반갑고 기뻤다.

2021년 1월에
옮긴이 김수희

찾아보기

IWANAMI 060
문학이란 무엇인가

초판 1쇄 인쇄 2021년 2월 10일
초판 1쇄 발행 2021년 2월 15일

저자 : 구와바라 다케오
번역 : 김수희

펴낸이 : 이동섭
편집 : 이민규, 탁승규, 조세진
디자인 : 조세연, 김현승, 황효주, 김형주, 김민지
영업·마케팅 : 송정환
e-BOOK : 홍인표, 유재학, 최정수, 서찬웅
관리 : 이윤미

㈜에이케이커뮤니케이션즈
등록 1996년 7월 9일(제302-1996-00026호)
주소 : 04002 서울 마포구 동교로 17안길 28, 2층
TEL : 02-702-7963~5   FAX : 02-702-7988
http://www.amusementkorea.co.kr

ISBN 979-11-274-4235-4 04800
ISBN 979-11-7024-600-8 04080

BUNGAKU NYUMON
by Takeo Kuwabara
Copyright © 1950, 2008 by Bunkichi Kuwabara
Originally published in 1950 by Iwanami Shoten, Publishers, Tokyo.
This Korean print edition published 2021
by AK Communications, Inc., Seoul
by arrangement with Iwanami Shoten, Publishers, Tokyo

일본의 지성과 양심

이와나미岩波 시리즈

001 이와나미 신서의 역사

가노 마사나오 지음 | 기미정 옮김 | 11,800원

일본 지성의 요람, 이와나미 신서!
1938년 창간되어 오늘날까지 일본 최고의 지식 교양서 시리즈로 사랑받고 있는 이와나미 신서. 이와나미 신서의 사상·학문적 성과의 발자취를 더듬어본다.

002 논문 잘 쓰는 법

시미즈 이쿠타로 지음 | 김수희 옮김 | 8,900원

이와나미서점의 시대의 명저!
저자의 오랜 집필 경험을 바탕으로 글의 시작과 전개, 마무리까지, 각 단계에서 염두에 두어야 할 필수사항에 대해 효과적이고 실천적인 조언이 담겨 있다.

003 자유와 규율 -영국의 사립학교 생활-

이케다 기요시 지음 | 김수희 옮김 | 8,900원

자유와 규율의 진정한 의미를 고찰!
학생 시절을 퍼블릭 스쿨에서 보낸 저자가 자신의 체험을 바탕으로, 엄격한 규율 속에서 자유의 정신을 훌륭하게 배양하는 영국의 교육에 대해 말한다.

004 외국어 잘 하는 법

지노 에이이치 지음 | 김수희 옮김 | 8,900원

외국어 습득을 위한 확실한 길을 제시!!
사전·학습서를 고르는 법, 발음·어휘·회화를 익히는 법, 문법의 재미 등 학습을 위한 요령을 저자의 체험과 외국어 달인들의 지혜를 바탕으로 이야기한다.

005 일본병 -장기 쇠퇴의 다이내믹스-

가네코 마사루, 고다마 다쓰히코 지음 | 김준 옮김 | 8,900원

일본의 사회ㆍ문화ㆍ정치적 쇠퇴, 일본병!
장기 불황, 실업자 증가, 연금제도 파탄, 저출산ㆍ고령화의 진행, 격차와 빈곤의 가속화 등의 「일본병」에 대해 낱낱이 파헤친다.

006 강상중과 함께 읽는 나쓰메 소세키

강상중 지음 | 김수희 옮김 | 8,900원

나쓰메 소세키의 작품 세계를 통찰!
오랫동안 나쓰메 소세키 작품을 음미해온 강상중의 탁월한 해석을 통해 나쓰메 소세키의 대표작들 면면에 담긴 깊은 속뜻을 알기 쉽게 전해준다.

007 잉카의 세계를 알다

기무라 히데오, 다카노 준 지음 | 남지연 옮김 | 8,900원

위대한 「잉카 제국」의 흔적을 좇다!
잉카 문명의 탄생과 찬란했던 전성기의 역사, 그리고 신비에 싸여 있는 유적 등 잉카의 매력을 풍부한 사진과 함께 소개한다.

008 수학 공부법

도야마 히라쿠 지음 | 박미정 옮김 | 8,900원

수학의 개념을 바로잡는 참신한 교육법!
수학의 토대라 할 수 있는 양ㆍ수ㆍ집합과 논리ㆍ공간 및 도형ㆍ변수와 함수에 대해 그 근본 원리를 깨우칠 수 있도록 새로운 관점에서 접근해본다.

009 우주론 입문 -탄생에서 미래로-

사토 가쓰히코 지음 | 김효진 옮김 | 8,900원

물리학과 천체 관측의 파란만장한 역사!
일본 우주론의 일인자가 치열한 우주 이론과 관측의 최전선을 전망하고 우주와 인류의 먼 미래를 고찰하며 인류의 기원과 미래상을 살펴본다.

010 우경화하는 일본 정치

나카노 고이치 지음 | 김수희 옮김 | 8,900원

일본 정치의 현주소를 읽는다!
일본 정치의 우경화가 어떻게 전개되어왔으며, 우경화를 통해 달성하려는 목적은 무엇인가. 일본 우경화의 전모를 낱낱이 밝힌다.

011 악이란 무엇인가

나카지마 요시미치 지음 | 박미정 옮김 | 8,900원

악에 대한 새로운 깨달음!

인간의 근본악을 추구하는 칸트 윤리학을 철저하게 파고든다. 선한 행위 속에 어떻게 악이 녹아들어 있는지 냉철한 철학적 고찰을 해본다.

012 포스트 자본주의 -과학·인간·사회의 미래-

히로이 요시노리 지음 | 박제이 옮김 | 8,900원

포스트 자본주의의 미래상을 고찰!

오늘날 「성숙·정체화」라는 새로운 사회상이 부각되고 있다. 자본주의·사회주의·생태학이 교차하는 미래 사회상을 선명하게 그려본다.

013 인간 시황제

쓰루마 가즈유키 지음 | 김경호 옮김 | 8,900원

새롭게 밝혀지는 시황제의 50년 생애!

시황제의 출생과 꿈, 통일 과정, 제국의 종언에 이르기까지 그 일생을 생생하게 살펴본다. 기존의 폭군상이 아닌 한 인간으로서의 시황제를 조명해본다.

014 콤플렉스

가와이 하야오 지음 | 위정훈 옮김 | 8,900원

콤플렉스를 마주하는 방법!

「콤플렉스」는 오늘날 탐험의 가능성으로 가득 찬 미답의 영역, 우리들의 내계, 무의식의 또 다른 이름이다. 융의 심리학을 토대로 인간의 심층을 파헤친다.

015 배움이란 무엇인가

이마이 무쓰미 지음 | 김수회 옮김 | 8,900원

'좋은 배움'을 위한 새로운 지식관!

마음과 뇌 안에서의 지식의 존재 양식 및 습득 방식, 기억이나 사고의 방식에 대한 인지과학의 성과를 바탕으로 배움의 구조를 알아본다.

016 프랑스 혁명 -역사의 변혁을 이룬 극약-

지즈카 다다미 지음 | 남지연 옮김 | 8,900원

프랑스 혁명의 빛과 어둠!

프랑스 혁명은 왜 그토록 막대한 희생을 필요로 하였을까. 시대를 살아가던 사람들의 고뇌와 처절한 발자취를 더듬어가며 그 역사적 의미를 고찰한다.

017 철학을 사용하는 법

와시다 기요카즈 지음 | 김진희 옮김 | 8,900원

철학적 사유의 새로운 지평!

숨 막히는 상황의 연속인 오늘날, 우리는 철학을 인생에 어떻게 '사용'하면 좋을까? '지성의 폐활량'을 기르기 위한 실천적 방법을 제시한다.

018 르포 트럼프 왕국 -어째서 트럼프인가-

가나리 류이치 지음 | 김진희 옮김 | 8,900원

또 하나의 미국을 가다!

뉴욕 등 대도시에서는 알 수 없는 트럼프 인기의 원인을 파헤친다. 애팔래치아산맥 너머, 트럼프를 지지하는 사람들의 목소리를 가감 없이 수록했다.

019 사이토 다카시의 교육력 -어떻게 가르칠 것인가

사이토 다카시 지음 | 남지연 옮김 | 8,900원

창조적 교육의 원리와 요령!

배움의 장을 향상심 넘치는 분위기로 이끌기 위해 필요한 것은 가르치는 사람의 교육력이다. 그 교육력 단련을 위한 방법을 제시한다.

020 원전 프로파간다 -안전신화의 불편한 진실-

혼마 류 지음 | 박제이 옮김 | 8,900원

원전 확대를 위한 프로파간다!

언론과 광고대행사 등이 전개해온 원전 프로파간다의 구조와 역사를 파헤치며 높은 경각심을 일깨운다. 원전에 대해서, 어디까지 진실인가.

021 허블 -우주의 심연을 관측하다-

이에 마사노리 지음 | 김효진 옮김 | 8,900원

허블의 파란만장한 일대기!

아인슈타인을 비롯한 동시대 과학자들과 이루어낸 허블의 영광과 좌절의 생애를 조명한다! 허블의 연구 성과와 인간적인 면모를 살펴볼 수 있다.

022 한자 -기원과 그 배경-

시라카와 시즈카 지음 | 심경호 옮김 | 9,800원

한자의 기원과 발달 과정!

중국 고대인의 생활이나 문화, 신화 및 문자학적 성과를 바탕으로, 한자의 성장과 그 의미를 생생하게 들여다본다.

023 지적 생산의 기술

우메사오 다다오 지음 | 김욱 옮김 | 8,900원

지적 생산을 위한 기술을 체계화!
지적인 정보 생산을 위해 저자가 연구자로서 스스로 고안하고 동료
들과 교류하며 터득한 여러 연구 비법의 정수를 체계적으로 소개한
다.

024 조세 피난처 -달아나는 세금-

시가 사쿠라 지음 | 김효진 옮김 | 8,900원

조세 피난처를 둘러싼 어둠의 내막!
시민의 눈이 닿지 않는 장소에서 세 부담의 공평성을 해치는 온갖
악행이 벌어진다. 그 조세 피난처의 실태를 철저하게 고발한다.

025 고사성어를 알면 중국사가 보인다

이나미 리쓰코 지음 | 이동철, 박은희 옮김 | 9,800원

고사성어에 담긴 장대한 중국사!
다양한 고사성어를 소개하며 그 탄생 배경인 중국사의 흐름을 더듬
어본다. 중국사의 명장면 속에서 피어난 고사성어들이 깊은 울림을
전해준다.

026 수면장애와 우울증

시미즈 데쓰오 지음 | 김수희 옮김 | 8,900원

우울증의 신호인 수면장애!
우울증의 조짐이나 증상을 수면장애와 관련지어 밝혀낸다. 우울증
을 예방하기 위한 수면 개선이나 숙면법 등을 상세히 소개한다.

027 아이의 사회력

가도와키 아쓰시 지음 | 김수희 옮김 | 8,900원

아이들의 행복한 성장을 위한 교육법!
아이들 사이에서 타인에 대한 관심이 사라져가고 있다. 이에「사람과
사람이 이어지고, 사회를 만들어나가는 힘」으로「사회력」을 제시한
다.

028 쑨원 -근대화의 기로-

후카마치 히데오 지음 | 박제이 옮김 | 9,800원

독재 지향의 민주주의자 쑨원!
쑨원, 그 남자가 꿈꾸었던 것은 민주인가, 독재인가? 신해혁명으로
중화민국을 탄생시킨 희대의 트릭스터 쑨원의 못다 이룬 꿈을 알아
본다.

029 중국사가 낳은 천재들

이나미 리쓰코 지음 | 이동철, 박은희 옮김 | 8,900원

중국 역사를 빛낸 56인의 천재들!

중국사를 빛낸 걸출한 재능과 독특한 캐릭터의 인물들을 연대순으로 살펴본다. 그들은 어떻게 중국사를 움직였는가?!

030 마르틴 루터 -성서에 생애를 바친 개혁자-

도쿠젠 요시카즈 지음 | 김진희 옮김 | 8,900원

성서의 '말'이 가리키는 진리를 추구하다!

성서의 '말'을 민중이 가슴으로 이해할 수 있도록 평생을 설파하며 종교개혁을 주도한 루터의 감동적인 여정이 펼쳐진다.

031 고민의 정체

가야마 리카 지음 | 김수희 옮김 | 8,900원

현대인의 고민을 깊게 들여다본다!

우리 인생에 밀접하게 연관된 다양한 요즘 고민들의 실례를 들며, 그 심층을 살펴본다. 고민을 고민으로 만들지 않을 방법에 대한 힌트를 얻을 수 있을 것이다.

032 나쓰메 소세키 평전

도가와 신스케 지음 | 김수희 옮김 | 9,800원

일본의 대문호 나쓰메 소세키!

나쓰메 소세키의 작품들이 오늘날에도 여전히 사람들의 마음을 매료시키는 이유는 무엇인가? 이 평전을 통해 나쓰메 소세키의 일생을 깊이 이해하게 되면서 그 답을 찾을 수 있을 것이다.

033 이슬람문화

이즈쓰 도시히코 지음 | 조영렬 옮김 | 8,900원

이슬람학의 세계적 권위가 들려주는 이야기!

거대한 이슬람 세계 구조를 지탱하는 종교·문화적 밑바탕을 파고들며, 이슬람 세계의 현실이 어떻게 움직이는지 이해한다.

034 아인슈타인의 생각

사토 후미타카 지음 | 김효진 옮김 | 8,900원

물리학계에 엄청난 파장을 몰고 왔던 인물!

아인슈타인의 일생과 생각을 따라가보며 그가 개척한 우주의 새로운 지식에 대해 살펴본다.

035 음악의 기초

아쿠타가와 야스시 지음 | 김수희 옮김 | 9,800원

음악을 더욱 깊게 즐길 수 있다!
작곡가인 저자가 풍부한 경험을 바탕으로 음악의 기초에 대해 설명하는 특별한 음악 입문서이다.

036 우주와 별 이야기

하타나카 다케오 지음 | 김세원 옮김 | 9,800원

거대한 우주의 신비와 아름다움!
수많은 별들을 빛의 밝기, 거리, 구조 등을 다양한 시점에서 해석하고 분류해 거대한 우주 진화의 비밀을 파헤쳐본다.

037 과학의 방법

나카야 우키치로 지음 | 김수희 옮김 | 9,800원

과학의 본질을 꿰뚫어본 과학론의 명저!
자연의 심오함과 과학의 한계를 명확히 짚어보며 과학이 오늘날의 모습으로 성장해온 궤도를 사유해본다.

038 교토

하야시야 다쓰사부로 지음 | 김효진 옮김 | 10,800원

일본 역사학자의 진짜 교토 이야기!
천년 고도 교토의 발전사를 그 태동부터 지역을 중심으로 되돌아보며, 교토의 역사와 전통, 의의를 알아본다.

039 다윈의 생애

야스기 류이치 지음 | 박제이 옮김 | 9,800원

다윈의 진솔한 모습을 담은 평전!
진화론을 향한 청년 다윈의 삶의 여정을 그려내며, 위대한 과학자가 걸어온 인간적인 발전을 보여준다.

040 일본 과학기술 총력전

야마모토 요시타카 지음 | 서의동 옮김 | 10,800원

구로후네에서 후쿠시마 원전까지!
메이지 시대 이후 「과학기술 총력전 체제」가 이끌어온 근대 일본 150년. 그 역사의 명암을 되돌아본다.

041 밥 딜런

유아사 마나부 지음 | 김수희 옮김 | 11,000원

시대를 노래했던 밥 딜런의 인생 이야기!

수많은 명곡으로 사람들을 매료시키면서도 항상 사람들의 이해를
초월해버린 밥 딜런. 그 인생의 발자취와 작품들의 궤적을 하나하나
짚어본다.

042 감자로 보는 세계사

야마모토 노리오 지음 | 김효진 옮김 | 9,800원

인류 역사와 문명에 기여해온 감자!

감자가 걸어온 역사를 돌아보며, 미래에 감자가 어떤 역할을 할 수
있는지, 그 가능성도 아울러 살펴본다.

043 중국 5대 소설 삼국지연의 · 서유기 편

이나미 리쓰코 지음 | 장원철 옮김 | 10,800원

중국 고전소설의 매력을 재발견하다!

중국 5대 소설로 꼽히는 고전 명작 『삼국지연의』와 『서유기』를 중국
문학의 전문가가 흥미롭게 안내한다.

044 99세 하루 한마디

무노 다케지 지음 | 김진희 옮김 | 10,800원

99세 저널리스트의 인생 통찰!

저자는 인생의 진리와 역사적 증언들을 짧은 문장들로 가슴 깊이 우
리에게 전한다.

045 불교입문

사이구사 미쓰요시 지음 | 이동철 옮김 | 11,800원

불교 사상의 전개와 그 진정한 의미!

붓다의 포교 활동과 사상의 변천을 서양 사상과의 비교로 알아보고,
나아가 불교 전개 양상을 그려본다.

046 중국 5대 소설 수호전 · 금병매 · 홍루몽 편

이나미 리쓰코 지음 | 장원철 옮김 | 11,800원

중국 5대 소설의 방대한 세계를 안내하다!

「수호전」, 「금병매」, 「홍루몽」 이 세 작품이 지니는 상호 불가분의 인
과관계에 주목하면서, 서사란 무엇인지에 대해서도 고찰해본다.

047 로마 산책

가와시마 히데아키 지음 | 김효진 옮김 | 11,800원

'영원의 도시' 로마의 역사와 문화!
일본 이탈리아 문학 연구의 일인자가 로마의 거리마다 담긴 흥미롭고 오랜 이야기를 들려준다. 로마만의 색다른 낭만과 묘미를 좇는 특별한 로마 인문 여행.

048 카레로 보는 인도 문화

가라시마 노보루 지음 | 김진희 옮김 | 13,800원

인도 요리를 테마로 풀어내는 인도 문화론!
인도 역사 연구의 일인자가 카레라이스의 기원을 찾으며, 각지의 특색 넘치는 요리를 맛보고, 역사와 문화 이야기를 들려준다. 인도 각 고장의 버라이어티한 아름다운 요리 사진도 다수 수록하였다.

049 애덤 스미스

다카시마 젠야 지음 | 김동환 옮김 | 11,800원

우리가 몰랐던 애덤 스미스의 진짜 얼굴
애덤 스미스의 전모를 살펴보며 그가 추구한 사상의 본뜻을 이해하고, 근대화를 향한 투쟁의 여정을 들여다본다

050 프리덤, 어떻게 자유로 번역되었는가

야나부 아키라 지음 | 김옥희 옮김 | 12,800원

근대 서양 개념어의 번역사
「사회」, 「개인」, 「근대」, 「미」, 「연애」, 「존재」, 「자연」, 「권리」, 「자유」, 「그, 그녀」 등 10가지의 번역어들에 대해 실증적인 자료를 토대로 성립 과정을 날카롭게 추적한다.

051 농경은 어떻게 시작되었는가

나카오 사스케 지음 | 김효진 옮김 | 12,800원

농경은 인류 문화의 근원!
벼를 비롯해 보리, 감자, 잡곡, 콩, 차 등 인간의 생활과 떼려야 뗄 수 없는 재배 식물의 기원을 공개한다.

052 말과 국가

다나카 가쓰히코 지음 | 김수희 옮김 | 12,800원

언어 형성 과정을 고찰하다!
국가의 사회와 정치가 언어 형성 과정에 어떠한 영향을 미치는지, 그 복잡한 양상을 날카롭고 알기 쉽게 설명한다.

053 헤이세이(平成) 일본의 잃어버린 30년

요시미 슌야 지음 | 서의동 옮김 | 13,800원

일본 최신 사정 설명서!
경제 거품 붕괴, 후쿠시마 원전사고, 가전왕국의 쇠락 등 헤이세이의
좌절을 한 권의 책 속에 건축한 '헤이세이 실패 박물관'.

054 미야모토 무사시 -병법의 구도자-

우오즈미 다카시 지음 | 김수희 옮김 | 13,800원

미야모토 무사시의 실상!
무사시의 삶의 궤적을 더듬어보는 동시에, 지극히 합리적이면서도
구체적으로 기술된 그의 사상을 『오륜서』를 중심으로 정독해본다.

055 만요슈 선집

사이토 모키치 지음 | 김수희 옮김 | 14,800원

시대를 넘어 사랑받는 만요슈 걸작선!
『만요슈』작품 중 빼어난 걸작들을 엄선하여, 간결하면서도 세심한
해설을 덧붙여 한 권의 책으로 엮어낸 『만요슈』에센스집.

056 주자학과 양명학

시마다 겐지 지음 | 김석근 옮김 | 13,800원

같으면서도 달랐던 두 가지 시선!
중국의 신유학은 인간을 어떻게 이해하려 했는가? 동아시아 사상사
에서 빼놓을 수 없는 주자학과 양명학의 역사적 역할을 분명히 밝혀
본다.

057 메이지 유신

다나카 아키라 지음 | 김정희 옮김 | 12,800원

일본의 개항부터 근대적 개혁까지!
메이지 유신 당시의 역사적 사건들을 깊이 파고들며 메이지 유신이
가지는 명과 암의 성격을 다양한 사료를 통해서 분석한다.

058 쉽게 따라하는 행동경제학

오타케 후미오 지음 | 김동환 옮김 | 12,800원

행동경제학을 제대로 사용하는 방법!
보다 좋은 의사결정과 행동을 이끌어내는 지혜와 궁리가 바로 넛지
(nudge)이며, 이러한 넛지를 설계하고 응용하는 방법을 소개한다.

059 독소전쟁 -모든 것을 파멸시킨 2차 세계대전 최대의 전투-

오키 다케시 지음 | 박삼헌 옮김 | 13,800원

인류역사상 최악의 전쟁인 독소전쟁!
2차 세계대전 승리의 향방을 결정지은 독소전쟁을 정치, 외교, 경제,
리더의 세계관 등 다양한 측면에서 살펴본다.